À nos vies imparfaites

DE LA MÊME AUTRICE

Le Sommeil des poissons
Le Seuil, 2000 ; Points, 2013

Toutes choses scintillant
Éditions de l'Ampoule, 2002 ; J'ai lu, 2005

Les hommes en général me plaisent beaucoup
Actes Sud, 2003 et Babel, 2005 ; J'ai lu, 2010

Déloger l'animal
Actes Sud, 2005 et Babel, 2007 ; J'ai lu, 2009

Et mon cœur transparent
Prix du Livre France-Culture-Télérama, 2008,
Éditions de l'Olivier, 2008 ; J'ai lu, 2009

Ce que je sais de Vera Candida
Prix Renaudot des lycéens 2009,
Prix Roman France-Télévisions 2009,
Grand Prix des lectrices de Elle 2010,
Éditions de l'Olivier, 2009 ; J'ai lu, 2011

Des vies d'oiseaux
Éditions de l'Olivier, 2011 ; J'ai lu, 2013

La Grâce des brigands
Éditions de l'Olivier, 2013 ; Points, 2014

Soyez imprudents les enfants
Flammarion, 2016 ; Points, 2018

Personne n'a peur des gens qui sourient
Flammarion, 2019 ; J'ai lu, 2020

Fille en colère sur un banc de pierre
Flammarion, 2023 ; J'ai lu, 2024

(Suite en fin d'ouvrage)

Véronique Ovaldé

À nos vies imparfaites

nouvelles

Flammarion

ISBN : 978-2-0804-4971-9

Les désarrois d'Auguste Baraka

Par un jeudi d'octobre, dans la salle de bains de son appartement de la rue du Roi Carle, Auguste Palanquin décide de renverser la vapeur. Il a 28 ans et il est temps, pense-t-il, de « changer de braquet ». Jusqu'à ce jour, il s'est toujours défini comme un type qui n'a pas de chance. Ce qui est, d'une certaine façon, fort malin puisque cette posture évite les mauvaises surprises. Tout événement qui se déroule sans accroc est accueilli comme une bénédiction. Si cette tendance ne fait pas de vous le plus agréable des amis (se plaindre continuellement est fatigant pour vos camarades, cela va sans dire), elle n'empêche pas d'être apprécié en tant que convive occasionnel. Auguste P. a en effet appris à moduler ses accès d'auto-apitoiement en les travestissant, lors des dîners, en autodérision, il fait rire (de soulagement) ses hôtes en plaisantant sur sa maladresse et son absence de bonne fortune. Il est toujours réconfortant que la foudre tombe sur la maison du voisin plutôt que sur la nôtre.

Cette prédisposition à la déveine avait commencé fort tôt. Le père d'Auguste P. était officiellement capitaine au long cours. Et l'enfance d'Auguste (prénommé ainsi dans un élan de démesure qui se voulait prophétique par ledit capitaine) fut ballottée de port en port au gré des pérégrinations de son père qui, par une bizarrerie qu'on aurait été bien en mal d'expliquer, se contentait d'apporter sa contribution de capitainerie en capitainerie en attribuant des emplacements aux navires de passage, s'assurant avec autorité du bon accueil des bâtiments.

(J'ai ma théorie sur la question, je pense que le père d'Auguste P. était capitaine au long cours comme je suis astrophysicienne. Mais on le sait bien, il suffit parfois de porter une belle casquette et de répéter à l'envi, et avec assez d'aplomb, qu'on est pilote de ligne pour que tout le monde s'accorde sur vos mérites aériens.)

En l'occurrence, le père d'Auguste aurait adoré que son fils devienne réellement capitaine au long cours. Or Auguste avait développé, dans cette enfance itinérante, un caractère mélancolique et taciturne – son père disait « un manque d'élan vital ». Monsieur Palanquin père ne restait pas plus de six mois en poste quelque part pour exercer ses modestes fonctions, aussi Auguste ne finissait-il jamais l'année scolaire là où il l'avait débutée. Cette scolarité spasmodique fit naître chez lui un goût prononcé pour la solitude – adversité fait loi –, il passait ses journées libres, avec un petit enregistreur et un micro, à traquer les conversations, même si les conversations en tant que telles ne l'intéressaient pas, en quête des bruits les plus divers (papier froissé, cliquètement du radiateur, ratissage des graviers, corne de brume, envol de goélands, craquement de la deuxième marche en partant du haut). Auguste était un garçon qui ne cherchait pas la compagnie de ses pairs. Il était celui qui serait demeuré dans sa cachette toute la nuit alors que tout le monde aurait arrêté de jouer à cache-cache. Personne ne serait venu le prévenir. Parce que personne ne se serait rendu compte de son absence.

Et puis Auguste P. n'aimait pas l'océan. Ce n'est pas qu'il avait le mal de mer (d'ailleurs il l'avait), c'est surtout que l'océan l'effrayait. Son odeur, sa fureur camouflée sous ses dehors placides, ses abysses terrifiants, ses bestioles aveugles et carnassières, son triste état actuel – ce qui confortait Auguste P. dans la morne opinion qu'il avait des humains –, tout cela le rendait malheureux et l'épouvantait.

Il avait donc été un fils plutôt décevant.

Pour parfaire ce portrait d'une enfance assez ratée, sa mère un beau jour était partie enseigner l'obstétrique en Zambie. Elle lui envoyait des cartes postales (qui lui parvenaient toujours avec quelques mois de retard puisque Monsieur Palanquin père continuait ses pérégrinations de port en port) où elle lui promettait qu'il viendrait bientôt la rejoindre dans ce magnifique pays sans aucun accès à la mer. Inutile de préciser que la chose jamais ne se produisit.

Auguste vécut avec son père jusqu'à l'avant-veille de ses dix-huit ans. Ce soir-là le capitaine Palanquin descendit de son bureau par l'ascenseur – il avait toujours dit qu'il empruntait exclusivement les escaliers car les ascenseurs étaient une invention dégradante et de ce fait infernale ; il lui arrivait toutefois, s'il débarquait tôt le matin ou s'il était resté seul tard le soir dans les locaux, de recourir à la mécanique hydraulico-électrique de l'ascenseur de la capitainerie. C'était l'un de ses menus régals clandestins. Un brin honteux – il fallait que personne ne le surprît – mais tout à fait délicieux. Ce fut sans doute pour cette raison que la tête lui tourna et qu'il se trompa de bouton.

Il appuya sur le -1 au lieu du RDC, s'adossa avec plaisir à la paroi du fond en déployant son journal (chose qu'il ne pouvait se permettre dans les escaliers), or le -1 menait aux parkings et, comme dans beaucoup de cabines d'ascenseur, la paroi du fond se transformait alors en porte coulissante. Elle s'ouvrit, le capitaine Palanquin tomba à la renverse et se brisa la nuque sur le béton du sous-sol.

Le prêtre qui officia à ses funérailles parla des morts absurdes et mystérieuses. Il évoqua Eschyle qui était mort parce qu'il avait reçu une tortue sur la tête – on raconte qu'un rapace passant au-dessus du crâne luisamment chauve du philosophe avait lâché sa proie pour en fracasser la carapace sur un si beau caillou. Ce qu'Auguste aurait voulu savoir, c'est s'il y avait un atavisme de la malchance. Son grand-père, le père du capitaine, était mort dans de navrantes circonstances lui aussi : il était féru de chasse sous-marine et s'adonnait à sa passion, armé d'un fusil qu'il avait lui-même bricolé (un tendeur, un câble, un bâton, une flèche). Il adorait pêcher quand il pleuvait (suroxygénation de l'eau + excitation intense des carnassiers). Un jour d'orage sa flèche s'était transformée en paratonnerre idéal et le vieux bonhomme fut foudroyé tout de go. On comprendra les inquiétudes d'Auguste P. quant à son hérédité.

La cérémonie se déroula le lendemain de ses dix-huit ans, ce qui autorisa sa mère à ne pas revenir de Zambie puisque dorénavant son fils était majeur. Elle fit livrer une couronne de fleurs au cimetière et une corbeille de fruits à Auguste – une petite explosion de saveurs exotiques : Auguste eut l'impression qu'elle lui avait envoyé une bombe, de celles que les terroristes cachent dans les poubelles du métro. Évidemment il n'y toucha pas. Il laissa son enregistreur à côté afin de percevoir le son de la putréfaction – car il y a un son de la putréfaction : déliquescence, recroquevillement, suintement, cliquetis. Rien de morbide là-dedans. Auguste était juste un garçon curieux, même si un peu perdu.

Après cela il tourna en rond dans l'appartement de son père qu'il allait devoir quitter car c'était un logement de fonction, bien que l'administrateur n'eût pas le cœur à le mettre tout de suite dehors – il est intéressant de noter que la malchance n'a pas directement à voir avec nos sœurs et frères humains, même si on adorerait avoir des coupables sous la main, il s'agit plutôt d'une très piteuse conjonction des astres. La malchance donne d'ailleurs l'impression de bénéficier d'un statut singulier et ne permet pas d'avoir pleinement conscience de notre insignifiance. Le « c'est toujours sur moi que ça tombe » peut vite devenir un système autocentré.

En tout état de cause, pour cesser de tourner en rond et de remâcher des pensées moroses, Auguste tenta d'obtenir son permis de conduire – malheureusement il eut un accident pendant l'examen, pas de son fait, grands dieux non, un type en camionnette grilla un feu rouge et lui rentra dedans, mais bon, tout de même, difficile de restaurer après cela sa confiance dans ses propres compétences de conducteur. Il se remit au vélo et partit camper avec un camarade, il rencontra une fille lors d'une soirée dans une boîte du bord de mer, ils se plurent intensément, ce fut comme un choc électrique, ils étaient tous les deux du genre à rester à la lisière de la piste de danse et à soulever alternativement les épaules gauche droite sans jamais se lancer, ils discutèrent en se hurlant dans l'oreille, en roulant des yeux et en se faisant des sourires. La jeune fille devait rentrer chez sa tante avant une heure du matin, elle laissa donc son numéro à Auguste, l'écrivant sur son poignet, puis s'éclipsa sur un baiser léger. La soirée se poursuivit avec un canon à mousse, la mode était déjà passée, on était un peu dédaigneux au début, mais on ne pouvait pas longtemps résister au pouvoir des bulles (éthanol + bulles de savon = magie chimique catégorique). Surtout quand on était pris dans l'euphorie d'une jolie promesse. Le numéro de téléphone bien entendu n'y résista pas.

Quand ils revinrent de leur escapade, le camarade d'Auguste s'amusa auprès de leurs connaissances communes du plaisir qu'il y avait à camper avec celui-ci. Il était le plus efficace antimoustiques qui fût. C'était toujours lui que les insectes prenaient pour cible.

L'année suivante, Auguste fut confondu avec un autre Auguste Palanquin (qui l'eût cru ?) à l'annonce des résultats nationaux du concours d'ingénieur du son, que son homonyme obtint contrairement à lui alors que c'était bien *notre* Auguste qui avait excellé – il lui fallut six mois pour prouver qui il était, ce qui finit par le rendre légèrement neurasthénique : suis-je vraiment l'Auguste que je suis ? il prit alors un anxiolytique que lui avait prescrit son médecin, il s'avéra que ce médicament avait sur lui des effets indésirables non répertoriés (une sudation excessive le handicapa pendant un moment). Pour se remettre de ses émotions, il partit en excursion et, un soir, dans un petit village, il alla pisser dans le cimetière qui jouxtait la taverne où il se cuitait avec des randonneurs rencontrés le jour même, il s'appuya sur une pierre tombale qui bascula et lui écrasa deux orteils, on l'amputa.

Etc.

Ses connaissances le surnommaient gentiment Auguste Baraka.

Il intégra les MA, un groupe de discussion de Malchanceux Anonymes. Ils se réunissaient le mardi soir au sous-sol d'une salle polyvalente dans laquelle un cours de zumba était donné – ce qui en faisait un endroit tout sauf calme. On s'y asseyait en cercle, comme il se doit, sur des chaises d'école en bois et en métal (des messages d'anciens adolescents étaient gravés dessus à la pointe du compas ainsi que les immémoriaux et universels motifs de vulve et de bite), on y buvait du café et on y mangeait du cake marbré. Chacun racontait son calvaire de créature dépourvue de la moindre chance. Ils étaient des aberrations statistiques. Des êtres à part. Et la plupart se retrouvaient frappés d'une sorte de stress pré-traumatique qui les empêchait de se lancer dans quoi que ce soit. L'avantage de ce genre d'assemblée, c'est que vous avez toujours l'impression d'être beaucoup moins atteint que vos coreligionnaires. Il y avait cette femme qui portait un bandeau de pirate – elle s'était crevé l'œil à cause d'un freinage trop brutal dans le métro au moment où elle s'appliquait du khôl. Il y avait aussi le pianiste manchot – une histoire de diabète mal diagnostiqué. Et puis les autres qui naviguaient de petite déveine en petite déveine.

Dont ce type plutôt à la cool, mains croisées derrière la nuque, qui racontait chaque semaine son lot hebdomadaire de désappointements : jus d'orange renversé sur clavier d'ordinateur, allergie cutanée aux chats alors que la fille dont il vient de tomber amoureux en possède cinq, punaises de lit dans location de vacances, bolognaise à la cantine le jour où il étrenne sa nouvelle chemise blanche pour aller à un entretien avec son DRH, mycose des pieds juste avant une compétition de natation...

Mais Auguste P. fut obligé de quitter les MA parce qu'il s'était retrouvé à devoir leur cacher certains jolis succès. Sa vie en effet ne se limitait pas à une suite de déconvenues – même si c'étaient celles-ci qui faisaient rire ses amis et qui lui conféraient une sorte de charme indéfinissable en société (l'expression « charme indéfinissable » peut bien sûr à peu près tout signifier et laisse le champ libre à l'imagination : ici il s'agirait presque de l'élégance faussement modeste du raconteur d'histoires). Une fois il gagna même un concours radiophonique – il fallait reconnaître des pays grâce à des pastilles de quelques secondes d'ambiance sonore. Il reconnut un total de 32 capitales et gagna un équipement complet de preneur de son avec enregistreur 8 pistes, pléiade de micros, table de mixage... Coup de bol : c'est juste après qu'il eut gagné le concours que le jeu prit fin quand de belles et bonnes âmes s'émurent et considérèrent que les caractérisations sonores étaient par trop stigmatisantes (sirène new-yorkaise, corne de brume, muezzin, plic-ploc de la fonte des glaces, claquement des machettes...).

De toute façon, grâce aux réunions des MA, Auguste P. en est sûr, il n'est plus question pour lui de se cantonner à déambuler dans les coulisses de l'infortune. Alors ce jeudi d'octobre, il sent qu'il est temps de prendre les choses en main. Il va cesser de hausser les épaules, fataliste, en se laissant bringuebaler par les événements. Il est dorénavant à la tête d'un coquet pécule. Entre ce que son père lui a transmis et qu'il a fait fructifier, plus par indifférence que par spéculation, et ce que sa mère lui a donné – elle n'est pas mauvaise bougresse et elle sait, depuis sa Zambie d'élection, que son Auguste a bien besoin d'un coup de pouce –, sans compter son équipement gagné avec brio, le voilà prêt à se livrer à sa passion : le son. Il a consulté les petites annonces pour se trouver un local adéquat. Il a beaucoup d'espoir concernant celui qu'il va visiter ce matin-là. Il est en effet situé à huit minutes à pied de chez lui.

Auguste se regarde dans le miroir de la salle de bains. Il a les cheveux coupés de frais, il porte une chemise du même bleu que ses yeux, il sait que c'est flatteur et qu'il arrive souvent à faire une bonne première impression. Il se sourit, histoire de voir. Il se sent en forme. D'une humeur de bon aloi. Il sait bien qu'il paraît rassurant et inoffensif – une de ses amies lui a dit un jour qu'il pouvait se targuer d'avoir l'air aussi menaçant qu'un sapin de Noël. C'est un charme qui agit sur les femmes anxieuses.

Il enfile son manteau gris, prend une pochette vert foncé à élastique dans laquelle il a glissé tout ce qui lui semble être utile pour une visite, un accessoire qui a en outre l'avantage de lui donner une contenance et une allure concernée, il ferme le gaz, se munit d'un parapluie et n'oublie pas ses clés.

(La forme particulière qu'a l'existence d'Auguste P. aurait pu le transformer en un être bourré de TOC, de superstitions diverses, de gestuelles contraphobiques, mais en fait non, il demeure un garçon plutôt confiant, plutôt placide. Seulement un peu mieux organisé que les autres. Auguste P. est décidément une bonne nature.)

Ce jour-là il y a beaucoup de trafic, traverser la rue demande une extrême attention, les automobilistes semblent plus excédés encore que d'habitude, et les cyclistes, particulièrement nombreux en ce jeudi matin, ne considèrent toujours pas que les règles de circulation en vigueur dans la ville valent aussi pour eux. Auguste P. pourrait rouspéter mais il ne rouspète jamais. Il secoue simplement la tête, hausse les sourcils et reste vigilant. Il n'attend pas grand-chose des humains. Aussi n'est-il pas trop souvent désappointé.

Il a rendez-vous avec l'agente immobilière devant l'immeuble où il brigue le local. Il l'aperçoit de loin. Ce ne peut être qu'elle. Elle est au téléphone et piétine en regardant le ciel, elle porte à l'épaule une sorte de besace surdimensionnée et elle serre contre sa poitrine un cartable comme pour se protéger ou le protéger d'un possible rapt. Elle s'appelle Éva Coppa (« Comme la coppa », a-t-elle dit au téléphone), elle arbore un manteau jaune – d'un jaune bouton d'or, accueillant – et des chaussures à talons un peu trop hauts pour quelqu'un qui passe son temps à courir d'une adresse à l'autre. Elle est très brune et elle a les cheveux courts bouclés. Plus il s'approche plus il la trouve attirante. Mais c'est comme une constatation d'ordre atmosphérique. Éva Coppa entre dans la catégorie des femmes qui lui plaisent. C'est un fait. Rien de plus. Quand elle le voit se diriger vers elle, elle hausse les sourcils et secoue légèrement la tête pour s'excuser d'être en ligne, elle fait le code d'entrée, l'immeuble est moderne, sans intérêt notable, elle pousse la porte avec le coude, continue de parler au téléphone, fait signe à Auguste de la suivre. Un hall (cactus dans bac en grès avec galets crayeux pour toute nourriture, deux miroirs qui se font face, quelle idée, et multiples boîtes aux lettres étiquetées et surétiquetées au gré des emménagements), puis un couloir, puis quelques marches, puis un nouveau couloir, puis virage à droite, ça résonne, les talons d'Éva Coppa cliquettent, on pourrait porter ce genre de chaussures uniquement pour le plaisir de leur cliquètement, Auguste sourit rêveusement en suivant la charmante dame en jaune, elle continue jusqu'au bout d'un énième couloir, ça monte, ça descend, on ne sait pas quand ça va s'arrêter, elle raccroche enfin devant une porte lie-de-vin, identique aux autres portes. Elle soupire de soulagement, se retourne vers Auguste tout sourire, Vous vouliez du calme, dit-elle.

L'appartement comporte au rez-de-chaussée une pièce, une salle de bains et une cuisine. Il ouvre sur un jardinet où cohabitent une chaise longue et un bambou. Et il dispose d'une autre pièce en sous-sol. C'est parfait pour Auguste. Il va y installer son studio avec sa cabine d'enregistrement. Tout est merveilleusement silencieux.

Éva Coppa retire son manteau, elle porte une robe avec des motifs sinueux qui la font ressembler à un économiseur d'écran. Elle a peut-être six ou sept ans de plus qu'Auguste, une très jolie voix et un regard un peu soucieux. Auguste n'écoute pas tellement ce qu'elle dit mais plutôt le son de sa voix, il pourrait s'agir d'une langue étrangère, oubliée, que plus personne ne parlerait, ça n'a pas d'importance. De toute façon elle surjoue l'agente immobilière, elle utilise des mots comme « espace atypique », « îlot central » ou « micromarché ». La manière dont elle s'évertue à tenir son rôle est assez désarmante.

Elle descend devant lui l'escalier qui mène au sous-sol. Elle dit qu'on peut en faire une chambre. Auguste lui apprend qu'il ne va pas habiter là, Je monte un studio d'enregistrement, dit-il. Elle paraît troublée. Puis elle se ressaisit. Il dit que l'endroit lui semble parfait. Elle hoche la tête et lui conseille de réfléchir. Auguste est vaguement surpris, les agents immobiliers en général ont tendance à vous dire que vous êtes déjà trois sur l'affaire et qu'il faut prendre une décision dans la minute si vous ne voulez pas laisser échapper pareille aubaine. Parfois ils peuvent ajouter des phrases du style « Bienvenue chez vous » comme s'ils étaient eux-mêmes des bandes-annonces publicitaires. Alors la légère réticence d'Éva Coppa amuse Auguste. Il y voit une fêlure dans sa jolie armure d'agente immobilière. Une précaution, une attention. (Je crois que c'est avant tout la candeur d'Auguste qui me le rend si touchant.) Il tourne sur lui-même dans la pièce. Il imagine déjà l'isolation acoustique des murs, la couleur de la moquette et l'odeur du bois des placages. Éva patiente puis le raccompagne au rez-de-chaussée. Auguste est bien éduqué, il passe devant elle dans l'escalier qui monte. Il sait que c'est ce genre de détails qui fait la différence. On ne se met jamais derrière une dame dans un escalier, lui disait Palanquin père. Ton visage serait à une hauteur inconvenante. Arrivés dans la pièce qui donne sur le jardinet, les voilà face à face. Elle hésite. Au-dehors, les nuages se dispersent, un rayon de soleil tombe tout à coup à leurs pieds. Des milliers de grains de poussière s'y agitent mollement. Il se passe quelque chose entre eux, à n'en pas douter.

Et puis le téléphone d'Éva sonne, elle l'extrait maladroitement de son sac et décroche. Je te rappelle, dit-elle. Et comme si c'était nécessaire, alors que ça ne l'est pas du tout, elle ajoute après avoir raccroché, C'était ma fille.

Auguste ressent une légère déception. C'est idiot. Qu'était-il en train de se mettre en tête ? Il se secoue, dit que l'endroit lui plaît beaucoup, que son dossier est prêt et qu'il n'a même pas besoin de faire un emprunt, tout peut se régler dans les meilleurs délais. Elle lui sourit, elle a soudain l'air un brin contrariée ou plutôt abattue. Difficile à dire. Et puis elle semble se relâcher comme si elle renonçait, Bon très bien, conclut-elle. Dans ce cas il faudra que vous veniez à l'agence. Pendant qu'elle cherche le bon de visite à lui faire signer, il se tourne vers le jardinet et soupire, il va être bien là, c'est l'endroit idéal, tout sera calme, silencieux et studieux. Il ne devine pas ce qui se joue à cet instant dans la tête d'Éva Coppa. Son trouble, ses scrupules, presque une once de tristesse – un dégoût de soi.

Au moment où ils se quittent sur le trottoir après avoir refait le chemin en sens inverse de couloir en couloir et qu'Auguste a dit joyeusement, comme tous les gens à qui elle a fait visiter cet appartement, C'est un vrai labyrinthe, elle lui serre la main. Et on peut serrer la main de quelqu'un de mille façons différentes, c'est fou ce qu'on peut faire passer dans une poignée de main, et elle, dans ce geste, elle voudrait lui demander pardon, elle sait qu'il lui en voudra. Mais elle ne peut pas se permettre de faire encore capoter une vente (Éva et ses états d'âme, dit toujours son patron en levant les yeux au ciel), elle a besoin de sa commission – pourtant ce garçon lui est si sympathique, plus que sympathique sans doute mais il faut raison garder, il pourrait être son fils (Éva a tendance à se vieillir pour se tenir la bride) –, alors elle doit conclure cette vente, c'est comme ça, c'est la Grande Affaire des humains : la Préférence pour Soi. En l'occurrence, dans le cas d'Éva, c'est aussi qu'elle doit subvenir aux besoins de sa fille, puisque le père de celle-ci, dans sa parfaite impéritie, n'a jamais été fichu de payer la moindre pension alimentaire. Donc on peut considérer que si Auguste Palanquin s'apprête à acheter ce local sans avoir été invité à y réfléchir à deux fois, c'est à cause du mauvais choix de géniteur qu'a fait Éva et plus globalement à cause de la paresse et de la désinvolture de celui-ci.

Elle lui tend sa carte et lui dit que leurs chemins se séparent puisqu'elle part de ce côté-ci et lui de l'autre, il lui confirme qu'il la rappelle très vite, alors leurs chemins vont se recroiser, n'est-ce pas, il glousse comme s'il avait dit un bon mot, elle lui sourit puis fait volte-face et s'en va, elle trottine parce qu'on ne peut que trottiner avec des talons de ce genre, Comment décide-t-on de porter des chaussures aussi hautes, se demande Auguste, elles vous donnent l'air aussi fragile que des chevilles de Bambi, et en même temps elles vous font gagner douze centimètres, ce qui n'est pas rien, vous remarquerez que, si Auguste s'interroge benoîtement sur l'usage de la chaussure à talon chez la femme de petite taille, c'est qu'il est en train de regarder Éva Coppa s'éloigner, elle lui plaît vraiment, il se réjouit de la revoir bientôt quand il passera à l'agence, le voilà content, notre Auguste, il se dit qu'il avait bien raison ce matin, cette journée s'annonçait fort satisfaisante. Il ne remarque toujours pas que la chaussée est particulièrement encombrée ce jeudi d'octobre et qu'il y a plus de gens sur les trottoirs que d'habitude, il ne remarque pas non plus la grille qui ferme la station de métro, il marche d'un pas guilleret jusqu'à la rue du Roi Carle et c'est ça le problème quand on se soucie si peu du monde dans lequel on vit, on ignore que ce jeudi d'octobre est un jour de grève générale et qu'on va acheter un studio d'enregistrement dans un immeuble qui se situe juste au-dessus d'un croisement entre deux lignes de métro, freinage, accélération, vrombissement, vibrations diverses, Auguste Baraka ignore que, lorsqu'il s'installera dans ses nouveaux locaux, il aura pour toujours l'impression qu'une machinerie souterraine actionnée par des centaines de Morlocks fait trembler son sous-sol toutes les deux minutes en heure de pointe. Il l'ignore. Et c'est mieux ainsi. Qui ne donnerait quelques heures de sa vie pour vivre un tel moment de douceur et d'espoir ? Auguste se dit, La chance tourne. Il ajoute plus bas (si on peut penser plus bas), Peut-être.

Pour l'instant il se réjouit de revoir bientôt Éva Coppa et d'avoir enfin trouvé un endroit pour lui. Le reste n'a pas tellement d'importance. C'est ce qu'il se dira quelques années plus tard. Cette journée, qui a commencé dans la salle de bains de la rue du Roi Carle avec une détermination peu coutumière et qui s'est poursuivie avec une confiance dont il était si peu familier, a marqué un tournant dans sa vie. On aime que les choses ne viennent pas petit à petit – que ce soit dans leur débâcle ou dans leur épanouissement. On aime un coup de tonnerre, un début précis, une rencontre particulière, un virage crucial. On aime les rémissions spontanées et les changements de cap. C'est d'ailleurs ainsi qu'ils raconteront cette histoire, Éva et lui, quelques années plus tard, en se tenant la main sur le canapé à ramages de leur salon.

« Vous êtes rayonnant de la réussite »

Elle n'a plus de permis depuis un mois alors elle est obligée de prendre les transports en commun. Et aujourd'hui il n'y a que quelques lignes de bus qui fonctionnent. Elle se demande toujours qui sont les conducteurs pendant les grèves générales. Sont-ils tirés au sort pour assurer le service minimum, sont-ils volontaires – parce qu'ils ne peuvent pas se permettre de perdre une journée de salaire, ou bien qu'ils assument de ne pas être d'accord avec l'objet des revendications, ce qui lui paraît toujours étrange et comme le symptôme d'une misanthropie féroce et aussi d'une forme de courage rétif, et le fait de penser courage et non pas arrogance la trouble, elle se demande si penser courage dans ces conditions fait d'elle quelqu'un de droite. Ce jour-là elle est coincée à l'avant du bus, elle a une vue directe sur les plis de la nuque du conducteur et oui, il a l'air misanthrope, cette nuque a l'air misanthrope. Elle a glissé ses escarpins dans son grand sac à main et enfilé des baskets. Les escarpins font partie de sa panoplie mais elle n'est pas complètement idiote, elle ne tiendrait pas deux secondes perchée sur ses talons dans ce bus, le bras tendu à suivre le ressac des bousculades. Elle va rappeler l'école de sa fille, ils lui ont laissé un message, ça semblait urgent mais ça semble souvent urgent. La dernière fois c'était parce qu'ils n'avaient pas son RIB. Qu'ils avaient en fait. De toute façon, là, présentement, elle est dans l'incapacité de sortir son téléphone de la poche de son manteau. L'homme à côté d'elle porte un pull en polaire qui pourrait hérisser électriquement les poils rien qu'en le regardant, elle s'attend à tout moment à ce qu'il produise des étincelles. Elle se détourne comme elle peut, le type n'a visiblement pas eu le temps de se doucher ce matin. Elle entend les gens râler, Avancez vers le fond, putain. Elle se dit qu'ils sont tous (elle comprise) des personnages de second plan dans la vie des autres. Des figurants. Comme ceux qui se font assassiner au début du film ou engloutir par la coulée de lave. Mais ils sont le centre de leur propre vie. Leur propre fil à plomb. Et cet agrégat de fils à plomb dans un espace aussi réduit est une aberration. Ça pourrait même devenir explosif. Elle imagine une nuée de phylactères au-dessus de leurs têtes. Chacun dirait, Je suis la personne la plus importante de ma vie.

Une femme qui ne se tient pas à la barre mais compte sur la proximité des autres corps pour la faire tenir debout en cas de brusque freinage additionne des robes de mariée dans son panier sur son téléphone. Éva repense aux catalogues de VPC de son enfance, elle ne cochait pas les vêtements mais les femmes qu'elle voulait être. Un jeune garçon, muni d'un sac à dos qui prend trop de place et d'un blouson siglé Samsonite (qui peut bien avoir envie de porter un blouson avec un nom de valise ?), dépiaute un biscuit de la chance – il sent la friture asiatique, il vient visiblement de s'offrir un nem en sortant du collège. Éva se dit que les biscuits de la chance ressemblent à des oreilles cuites avec un nerf blanc à l'intérieur, le garçon casse l'oreille cuite en deux, elle s'effrite et il en sort le minuscule papier, il le lit, Éva essaie de voir ce qu'il y a écrit dessus mais n'y arrive pas, le garçon a l'air satisfait, il plie soigneusement le papier et le glisse dans sa poche de poitrine, Éva imagine des dizaines de messages prophétiques mal traduits qui palpitent au fond de cette poche : « *Vous êtes rayonnant de la réussite.* » « *Vos idées sont excellente, Vous serez récompensez de ca.* » Elle se souvient de sa sœur qui disait que dans un bus ou un métro il y a toujours un pourcentage élevé de gens qui vont mourir d'un cancer (sa sœur ne savait pas à ce moment-là qu'elle en ferait elle-même partie, même si elle ne l'excluait pas), et sans doute au moins une personne qui disparaîtra un jour, un de ces visages qui sourient sur un Avis de recherche mais ont toujours dans les yeux une sorte de détresse prémonitoire, il y a possiblement un ou deux violeurs, ajoutait sa sœur, et peut-être, allons-y, un serial killer, sa sœur avait été une personne obsessionnelle, pour ne pas dire franchement névrosée, qui ne possédait pas tous les filtres empêchant de prononcer des phrases fâcheuses ou vexantes, ce qui d'une certaine façon forçait l'admiration parce qu'elle, Éva, était toujours trop policée et précautionneuse si bien que sa sœur lui disait, Ton surmoi finira par t'étouffer. Éva se sent un peu triste à cause de sa sœur mais aussi à cause du garçon (pourquoi garçon et pourquoi pas homme ?) qui a visité ce matin l'appartement humide du rez-de-chaussée, il avait l'air naïf, elle aime bien les gens qui ont l'air naïfs et qui ont un rire enfantin, nullement amendé par l'âge et l'usage, elle aurait aimé l'inviter à boire un café dans un salon de thé, ils auraient choisi des gâteaux très sucrés et volumineux, ou bien des parts de tarte à la myrtille, un truc simple qui aurait rappelé l'enfance et les vacances au ski, ils se seraient assis près de la vitrine, auraient regardé les gens se presser sur le trottoir, elle lui aurait dit que c'était une mauvaise idée de vouloir installer un studio d'enregistrement dans ce local qui, en temps normal, trépide toutes les deux minutes, elle aurait pu le lui dire dans ce contexte (le salon de thé et les gâteaux) parce qu'elle n'aurait plus été agente immobilière mais une femme de bon conseil, une personne bienveillante, une amie peut-être.

Éva Coppa n'a jamais voulu devenir agente immobilière, pourtant c'est un métier qui peut être récréatif, il suffirait de ne pas se laisser dévorer par les diagnostics énergétiques et les problèmes de plomberie, il pourrait alors s'agir d'une manière d'entrer sans effraction dans la vie des gens, les maisons disent tant de nous, cabane en carton ou château fort entouré de douves, ignoble bordel de Diogène ou ascèse orthodoxe, que désirez-vous, je vous aiderai à trouver votre terrier, je vous aiderai à accéder à la propriété, je vous aiderai à aménager votre tombeau (elle se laisse aller parfois à des pensées inadéquates), elle aime particulièrement les femmes qui visitent seules pour elles seules, celles-ci pensent qu'être propriétaires changera tout, qu'elles cesseront d'être locataires sur les terres des hommes, il y a aussi ceux qui croient qu'en devenant propriétaires ils ne seront plus métayers ni journaliers, ceux qui se précipitent vers les fenêtres, ils ne s'en rendent pas compte mais ceux-là achètent une vue, les gens font ça dans les hôtels également, ils vérifient la vue, elle non, elle regarde en général l'agencement de la chambre d'hôtel et se demande si elle pourrait vivre là pour le restant de ses jours, elle repère aussi ceux qui s'imaginent déjà en train de faire visiter leur nouvelle acquisition à leurs amis, ceux-là sont piégés par les biens positionnels, la valeur de leur nouvel appartement tient simplement au fait que leurs amis ne le posséderont pas, ils sont victimes du nananère.

Ce qu'Éva voulait quand elle était petite fille, c'était être agitatrice de drapeaux sur les courses de Formule 1 ou gonfleuse de ballons, puis elle n'avait plus voulu grand-chose pendant très longtemps, elle avait traîné d'études de psycho en cours de théâtre jusqu'à sa rencontre avec le père de sa fille, il écrivait des pièces qui n'étaient jamais jouées et fumait trois paquets de cigarettes par jour, elle ne buvait pas avant de le rencontrer, pas une seule goutte d'alcool, mais il lui avait dit que les couples qui durent sont les couples qui boivent ensemble, ça l'avait fait rire, il avait avancé des chiffres, de toute façon elle n'allait pas vérifier, alors elle avait commencé à boire avec lui le soir, et puis le midi, et puis le matin – mais pas avant 10 heures. Elle a tout arrêté quand ils se sont quittés. Elle rechute régulièrement. Mais se remet en selle. Comme un bon petit cheval. C'est la phrase qui lui vient toujours en tête. Se remettre en selle comme un bon petit cheval, et l'image qui lui apparaît c'est un cheval à cheval sur un cheval.

À ce moment de son trajet (si chaotique qu'elle en vient à se demander si elle ne ferait pas mieux de courir en petites foulées à côté du bus), elle est en train de compter les gens en trottinette électrique sur le trottoir, incroyablement verticaux et raides comme s'ils étaient aux commandes d'un sous-marin ou qu'ils actionnaient les vannes d'une écluse, elle remarque un type qui marche à toute vitesse en faisant des zigzags comme pour éviter un tir de sniper, et aperçoit à l'angle du boulevard une femme qu'un homme bouscule sans se retourner, la femme (plus toute jeune semble-t-il, mais c'est peut-être une impression à cause de sa tenue vieillotte) titube et lâche son cabas, des oranges s'en échappent, tombent dans le caniveau et roulent sur la chaussée, la femme les poursuit en tentant de stopper les voitures avec la main comme un superhéros. Le bus pile. Lois de la physique, dégringolade généralisée et cris d'exaspération. Quand Éva arrivera-t-elle enfin chez elle ? Question que tout le monde se pose dans le bus (pas concernant Éva mais concernant chacun d'eux, chacun des figurants de la vie d'Éva).

Lorsqu'elle était enfant et qu'on lui avait appris que le soleil allait finir par mourir, ça l'avait glacée d'effroi. Plus tard, elle avait revu ses ambitions à la baisse – ce qui n'était pas seulement une abdication. C'était aussi une manière de relativiser son temps sur cette planète. C'était un élan vers l'humilité – ça permet de ne pas devenir un dictateur cinglé. Ça permet aussi de se concentrer sur l'immédiat, l'heure du dîner, le coup de fil à passer à l'école de sa fille, la vente de l'appartement humide du rez-de-chaussée, la pluie qui se met à tomber et le fond de l'air qui est frais. Elle se dit qu'elle aimerait bien reprendre des études. Elle ferait du grec ancien. Même si ce n'est pas une très bonne idée parce que c'est une idée qui a à voir avec le père de sa fille. Il disait réinventer la langue et se moquait des gardiens du temple du langage. Il discourait sur la nécessité de ne plus avoir recours aux anciens vocables, d'oublier les racines, de faire table rase du passé et tutti quanti.

Ce qui donnait des pièces de théâtre (fièrement) incompréhensibles et injouables. Il n'obtenait jamais les bourses qu'il briguait mais arrivait fort bien à s'accommoder de ses déceptions : il ne se remettait jamais en question, c'était le système qui était corrompu et l'entregent qui primait. Cette posture fascinait Éva qui, à sa place, aurait accumulé les déconvenues en fabriquant un mille-feuille de petits chagrins et de menues vexations, le mille-feuille à chaque couche l'aurait fragilisée un peu plus, alors que lui point du tout, il sortait presque conforté et réconforté après chaque camouflet, cette succession d'échecs le renforçait dans sa conviction d'être l'homme-flambeau d'une époque future encore trop impénétrable pour le pékin moyen. Mon Dieu mon Dieu. Alors qu'elle, ce qu'elle voulait, c'était étudier le grec ancien. Modestement. Elle reprendrait ses études et travaillerait pour ce faire dans un salon de thé, on en revient à ce salon de thé avec ses tartes à la myrtille et ses vitres embuées, un fantasme de salon de thé, avec des livres et des fauteuils moelleux et un chat ou deux et essentiellement des femmes et quelques hommes sensibles, Éva se laisse aller parfois à des rêveries de chromo. On ne perd qu'une chose dans sa vie, continuellement, se dit-elle. On retrouve cette chose, quelle qu'elle soit, une sensation, un menu plaisir, un espoir, on retrouve son écho et on la reperd indéfiniment. Elle a parfois l'impression de se dissiper dans l'atmosphère. Là elle devient une nuée de particules qui se dispersent au-dessus des voyageurs, c'est une pensée consolante après cette morne journée, une nuée de particules rêvant de grec ancien et de salon de thé.

Le père d'Éva avait consacré sa vie aux fougères, il était devenu le spécialiste international des fougères. Quand le téléphone sonnait à la maison et qu'Éva décrochait, il y avait toujours quelqu'un pour demander à parler au « professeur », il partait à des colloques à droite à gauche pour discourir sur ses chères vieilles dames qui avaient même survécu aux dinosaures. Mais un jour il avait perdu tout intérêt pour les fougères. C'était arrivé brusquement : il attendait, un matin, que la cafetière italienne sur le gaz se mît à siffler, et il regardait par la fenêtre de la cuisine, délicieusement désœuvré, écoutant d'une oreille distraite une émission savante sur la radio nationale qu'il était sans doute le seul à encore écouter, et il avait aperçu dans la rue en contrebas une foule de gens sur le trottoir qui piétinaient dans le froid en attendant l'ouverture du centre commercial – c'était un jour de promotion exceptionnelle sur les boissons énergisantes et les baskets griffées. Et c'en avait été terminé des fougères. Il avait abandonné son poste à l'université et quitté la ville. Il était parti vivre dans une bicoque au bord d'un étang où il pêchait des poissons-chats, il ne parlait plus à personne. Les fougères existent et puis c'est tout, avait-il invoqué pour toute explication à son renoncement.

Éva se fraie un chemin vers la sortie, elle se contorsionne et se faufile, les corps humains sont extraordinairement compressibles, Je descends, je descends, elle s'éjecte et atterrit sur le trottoir, l'air est saturé de dioxyde de carbone mais elle prend une grande inspiration bienfaisante. Elle se dit qu'il faut qu'elle quitte ce travail, certes elle le fait avec cœur, mais elle met trop de cœur dans tout ce qu'elle fait. C'est un vrai problème. Il faudrait savoir ne pas s'impliquer autant. Elle s'attache aux gens, elle les appelle quand elle pense avoir trouvé quelque chose pour eux, alors qu'il est clair que certains ne font que se désennuyer en collectionnant les visites, que rien jamais ne les satisfera, qu'ils s'adonnent à cette recherche d'appartement pour se distraire, d'ailleurs ils sont flous dans leur demande ou bien contradictoires, et puis de toute façon ils sont insolvables, et son patron lui dit d'arrêter de se conduire ainsi, elle n'arrivera à rien, il n'y a qu'à voir le peu de ventes qu'elle réussit à mener à leur terme, elle se veut honnête même si parfois elle a un sursaut comme ce matin, Ne sois pas si transparente, lui répète son patron, laisse-les s'enthousiasmer, vante-leur le quartier, ferre-les, mens-leur, c'est ça qu'ils veulent, c'est du rêve qu'ils veulent, et elle sait qu'elle doit penser à sa fille qui Dieu merci a trouvé une formation en alternance dans un grand restaurant, c'était une merveilleuse aubaine, Gérard Roquencourt, le chef, est le mari d'une amie d'enfance d'Éva, le fait que ladite aubaine soit liée à une de ses relations satisfait Éva au plus haut point, en appelant son amie pour lui demander ce service elle a eu l'impression de faire partie brièvement des riches et des puissants qui sont toujours si solidaires entre eux, sa fille était enchantée et leur cohabitation a pris pour un instant un tour plus pacifique – Éva se répète toujours, Ce n'est pas personnel, quand sa fille s'adresse à elle avec condescendance, Ce n'est pas personnel, ce n'est pas à moi qu'elle s'adresse mais à la fonction mère. Elle se répète ce mantra tant et tant qu'il finit par perdre sa couleur et son efficacité. Ses amies lui disent pourtant, Ce n'est qu'un mauvais moment à passer. Mais Éva ne peut s'empêcher de comparer la petite fille qui se glissait dans son lit la nuit et s'endormait en lui serrant la main avec l'adolescente taciturne et secrète qui lui parle comme si elle avait inventé l'adolescence. Elle a toujours su qu'un jour ou l'autre l'enfant devient un inconnu. Mais le savoir et l'éprouver sont deux choses radicalement différentes.

On n'en fera pas une intellectuelle, avait décrété l'institutrice de première année de maternelle à propos de sa fille. Éva avait été choquée, alors elle avait lutté pendant toute l'enfance de sa fille pour faire d'elle une intellectuelle, elle ne voulait pas que cette condamnation soit programmatique, mais sa fille s'était révélée plutôt lente et se déconcentrait vite, elle était à la fois colérique et apathique. Son père s'était désintéressé d'elle très tôt. Mais comment, se demandait Éva, peut-on traverser son adolescence quand on sait qu'on est une enfant décevante. Il disait en parlant de leur fille, Elle n'a pas pris le premier train, ou même, Ce n'est pas la lumière la plus brillante du sapin, si bien qu'Éva avait lutté encore et encore, et puis alléluia quelque chose s'était produit, sa fille s'était mise à cuisiner. Quand Éva rentre le soir, elle a préparé un repas, elle tâtonne, expérimente, se trompe, recommence, répète encore et encore jusqu'à obtenir ce qu'elle veut. Éva a l'impression qu'un rai de lumière est tombé à la verticale sur la cuisine et inonde sa fille. Elle n'a pu s'empêcher d'appeler son ex-mari pour lui dire que ça y était, leur fille avait trouvé sa vocation, il a accueilli la nouvelle avec maussaderie, nullement impressionné, répondant à peine, il a cette tendance à très peu parler au téléphone et à vous laisser faire les frais de la conversation, Éva lui en a voulu et s'en est voulu de ne pas avoir résisté à l'appeler comme si l'adhésion de cet homme revêtait la moindre importance.

Au moment de sa pause déjeuner elle est allée acheter un cadeau pour sa fille, elle ne savait pas trop pourquoi mais elle avait envie de lui faire plaisir, elle avait essayé de l'appeler dans la matinée et elle était tombée sur sa messagerie, et elle avait senti un immense élan d'amour en entendant la voix de sa fille sur le répondeur, celle-ci n'a jamais pris la peine de changer son message et c'est une voix juvénile, qui n'est plus la sienne maintenant, une voix perdue pour toujours qu'on entend, Éva aurait pu passer une heure à l'appeler et la rappeler, rien que pour entendre cette voix devenue introuvable. Elle est entrée dans la boutique de la vieille Dora à quelques numéros de l'agence. Dora-Crapaud, comme l'appellent les gens du quartier, est énorme, embagousée et maquillée comme un sous-marin soviétique, blush mal positionné et rouge à lèvres hors limites, on pense ne jamais l'avoir vue ailleurs qu'assise dans son fauteuil derrière son comptoir, on dit qu'elle a été une muse pour les surréalistes et qu'elle a été équilibriste à Buenos Aires, on dit n'importe quoi, mais c'est vrai que la vieille Dora, sublime et décatie, a un air parfaitement romanesque (elle parle avec l'accent russe mais certains disent qu'ils l'ont surprise à discuter avec sa gardienne sans le moindre accent). Il y a souvent sa petite-fille près d'elle, elle s'appelle Zélie ou Zelda ou quelque chose dans ce goût-là, la gamine assiste sa grand-mère en allant chercher dans la réserve au sous-sol tout ce que celle-ci lui demande – imaginer la vieille Dora en train de descendre par la trappe à côté du comptoir est invraisemblable –, la petite s'acquitte de son office avec diligence et solennité, elle porte en général des dizaines de sautoirs autour du cou et une tiare sur la tête. Sa mine sérieuse – elle ne sourit jamais – ajoute à l'étrangeté de son accoutrement. Éva se dit que c'est pourtant une jolie enfance, passer ses mercredis après-midi à jouer à la marchande dans une caverne remplie de déguisements et de vieilles breloques. Éva a acheté un bijou à sa fille, un petit cheval en argent au bout d'une chaîne, sa fille n'a jamais particulièrement aimé les chevaux mais celui-ci a plu à Éva, elle ne sait pas pourquoi, il était ciselé avec précision, il n'était pas dressé sur ses pattes arrière, il avait juste une posture paisible et solide, on aurait dit une minuscule étude pour les proportions d'un cheval au repos. La vieille Dora a dit, C'est une belle pièce, très rare, mais comme c'est toi je peux te la faire à moitié prix. De toute façon les prix ne sont jamais indiqués, Dora peut bien dire ce qu'elle veut.

Éva monte les étages jusque chez elle, la porte n'est pas verrouillée, sa fille a dû rentrer, C'est moi, crie-t-elle en accrochant son manteau jaune à la patère, il n'y a pas l'odeur d'oignons rissolés qui l'accueille généralement. Sa fille est dans le salon, sur le canapé, elle regarde la télé sans le son, ou du moins, la télé est allumée et elle pianote sur son téléphone.

Ils m'ont virée, dit-elle en levant les yeux vers sa mère.

Et puis en les rebaissant sur son téléphone elle ajoute, Ils vont t'appeler.

La fille d'Éva s'appelle Marguerite mais elle n'aime pas son prénom, elle s'est choisi Bob à la place. Éva ne peut se résoudre à cette substitution, elle n'a pas l'impression d'être spécialement conservatrice mais un prénom de garçon pour sa fille, ça lui fait drôle. Une de ses amies a une fille qui s'appelait Agathe et qui maintenant qu'elle est un garçon s'appelle Sam, mais quand Éva a prudemment interrogé Marguerite, celle-ci a haussé les épaules. Pour elle il ne s'agit manifestement pas d'un prénom de garçon, mais d'un surnom court et efficace, d'ailleurs tout le monde l'a adopté, même son père s'y est fait – sans doute plus par indifférence que par soutien à la cause.

Éva pense au petit cheval en argent qui est dans son sac, elle ne peut plus le lui donner, ce serait incongru, ou malvenu. Le petit cheval va devoir rester un moment dans l'obscurité du sac. Peut-être l'oubliera-t-elle. Et le fond du sac avec ses poussières pelucheuses et ses pièces de monnaie échappées sera le nouvel univers du petit cheval. Elle aurait mieux fait de le laisser chez la vieille Dora.

Elle demande ce qui s'est passé. Elle essaie d'avoir une voix neutre, pas trop glaciale.

Je me suis bagarrée, dit sa fille.

Éva se sent prise d'une étrange torpeur comme après un déjeuner de famille trop copieux. Elle irait bien se coucher là, tout de suite.

Marguerite explique qu'ils étaient en cuisine et qu'il y avait ce connard qui la chauffe depuis un moment, il lui fait tout le temps des remarques désobligeantes (elle ne dit pas « désobligeantes », elle dit « à la con ») et il s'est placé en travers de son chemin, elle était chargée, il a fait comme s'il ne l'entendait pas, alors elle a posé tout ce qu'elle avait dans les bras et elle lui a mis un pain. Voilà.

Éva sort de la pièce pour appeler le responsable de la formation de Marguerite. Le type lui dit qu'il est impossible de réintégrer Bob (grand Dieu, lui aussi). On ne peut pas garder quelqu'un qui perd ses nerfs dans un endroit avec autant de couteaux, dit-il. C'est un argument si raisonnable qu'Éva est incapable de répliquer quoi que ce soit.

Elle raccroche et passe par la cuisine avant de retourner dans le salon, elle prend une bière dans le frigo, la décapsule puis va s'asseoir à côté de sa fille sur le canapé. Comme elle ne lui fait aucun reproche et qu'elle laisse simplement son angoisse de l'avenir sombrer au fond de sa canette, sa fille se tourne vers elle et lui demande :

Ça va ?

Pas vraiment, non, répond Éva.

L'effet bienfaisant de l'alcool est comme une réconciliation qui fait taire les échos de sa cervelle, c'est la lisière moelleuse des mondes.

Je suis désolée, dit Marguerite.

Moi aussi.

Éva ferme les paupières, et quand elle les rouvre, elle voit sa fille qui la regarde – elle a de grands yeux candides (On dirait un kangourou pris dans les phares, disait son père), elle a les cheveux longs, ils sont encore clairs mais ils vont foncer, ils ont déjà perdu leur blondeur d'enfance, ça vient doucement, on ne s'en aperçoit pas et puis tout à coup quelqu'un dit en regardant des photos, Ah mais tu étais blonde, petite ?, et on se rend compte qu'on a cessé d'être cette fleur mellifère, la peau de sa fille a l'air fraîche et douce, mais Éva n'a plus le droit de caresser sa joue, elle tend la main, la pose paume ouverte sur le vieux velours du canapé, et sa fille la prend et la serre, Je vais me débrouiller, dit-elle, ils vont me reprendre, t'inquiète, ou alors j'irai ailleurs, t'inquiète.

Et Éva la croit. Oui elles vont se débrouiller. La bière lui ôte le moindre doute sur la question, balayant son anxiété alors qu'elle est un agrégat bordélique d'anxiétés enfantines, indicibles, ridicules, dévorantes, entrelacs de requêtes magiques et de petites terreurs honteuses, notre Éva qui déteste le bruit de la chaudière la nuit quand elle se déclenche, ce bruit qui dit, Auras-tu assez d'argent l'hiver prochain pour te payer le chauffage ? Éva qui a peur que son corps finisse par devenir un immeuble de bureaux, neutre, facile à nettoyer et utilitaire, Éva qui pense trop souvent à l'apocalypse, S'il vous plaît pas d'apocalypse avant que je meure (elle n'utilise pas cette prière pour sa fille, ça pourrait attirer la faucheuse prématurément sur la tête de Marguerite – eh bien voilà, maintenant que ta gamine est morte on peut passer à l'apocalypse), Éva qui dit à ses amies qu'elle a hâte d'avoir cinquante ans (elle dit des choses comme : La société ne nous assignera plus de rôle particulier, nous pourrons adopter celui qui nous convient, nous aurons renoncé à l'intimité du couple et ne ressentirons plus le besoin de nidifier) alors qu'elle est terrifiée à l'idée de vieillir, Éva qui en était même arrivée, à l'époque où elle vivait encore avec le père de sa fille, à se dire chaque matin en se levant, Un jour de moins à vivre, Éva qui se répète la nuit les noms des capitales du monde et ceux des 7 nains et ceux des mois révolutionnaires pour faire reculer la corrosion de ses neurones, Éva qui a équipé toutes les portes de l'appartement de cales depuis qu'elle a lu quelque part qu'une porte fermée peut faire baisser de dix fois la température d'une pièce jouxtant un incendie, Éva qui ne se lève jamais le matin sans s'extasier sur le fait d'avoir l'eau courante, elle ouvre le robinet pour remplir la bouilloire et elle pense, Oh on a l'eau courante, et la pensée d'après c'est, Pendant combien de temps l'eau restera-t-elle potable ? Éva qui garde dans son armoire un manteau très chaud (dont elle ne se sert jamais, elle pourrait partir en Laponie avec) parce que le jour où elle sera à la rue elle sera bien contente de l'avoir sous la main. Éva ne laisserait jamais personne deviner ce qui se trame dans sa petite tête congestionnée par les angoisses qui se télescopent : Éva porte des manteaux jaunes et sourit à tout le monde et tout le monde lui dit, Tu es si pétillante, et Éva en général se sent aussi pétillante qu'un tas de sable.

Mais ce soir avec la main de sa fille posée sur la sienne (et avec le houblon qui fait son office) Éva n'a plus peur de rien. Et comme elle sait l'enivrant pouvoir performatif de ce genre de phrases, elle se penche vers sa fille. On va se débrouiller, dit-elle, on se débrouille toujours. Ce n'est pas tout à fait vrai, on ne peut pas toujours se débrouiller, mais prononcer ces mots est mystérieusement bienfaisant. Cette soirée sera une soirée humide, un peu triste et joyeuse à la fois, une soirée émotive et c'est ce dont elles ont besoin toutes les deux, elles vont écouter de vieilles chansons réalistes et chanter à deux comme elles le faisaient il y a très longtemps, et le voisin frappera contre le mur et elles glousseront et chanteront plus fort avant de s'arrêter parce que quand même, Éva ouvre les fenêtres sur l'obscurité de ce jeudi d'octobre, le ventre des nuages est éclairé par les lumières de la ville, le ciel est d'un orange morose mais ça n'a pas d'importance, et Marguerite ou Bob ou ce qu'elle veut, elle peut bien s'appeler Jérôme ou Gudrun si ça lui chante, on devrait pouvoir choisir son prénom, il y a des pays où l'enfant n'a pas de prénom au début de sa vie, Éva pense à ça, et cette idée ce soir lui paraît génialement raisonnable, et donc Marguerite-Bob se met aux fourneaux et elle prépare des pâtes aux navets confits et c'est une merveille, Éva n'aurait jamais cru qu'elle pouvait aimer les navets, et elle sait qu'il y a des millions d'endroits où sa fille pourra exercer ses talents, Bob a quinze ans, et ce n'est pas si compliqué putain d'être joyeuse.

Le chemin jusqu'à soi

Toute la difficulté pour elle réside depuis toujours dans cette injonction contradictoire : ressembler à un garçon puisque ce sont eux qui ont le pouvoir et être la plus délicate des filles afin d'être choisie. Ce dernier élément de l'équation avait été validé dans sa plus tendre enfance par le conte de la princesse au petit pois qui n'avait eu de cesse de l'inquiéter : la seule qualité qu'on exigeait d'une princesse parfaite, c'était d'être si délicate qu'un petit pois déposé sous une centaine de matelas empêcherait la pauvre fille de dormir. Elle se souvient de l'image du livre, avec ses matelas multicolores entassés (il n'y en avait pas cent, c'était fort décevant) et la princesse perchée tout en haut, couchée en ses longs voiles, assez docile et/ou apathique pour ne pas s'étonner de ce curieux dispositif. Au petit matin son visage chiffonné par l'insomnie était la marque imparable de son extrême distinction. Le prince fou de joie (il cherchait depuis des lustres la princesse parfaite) la demandait sur-le-champ en mariage et hop tout ce petit monde convolait béatement. Bon. Il y avait en effet de quoi vous laisser perplexe. De toute façon elle savait qu'elle n'aurait pas réussi le test – elle avait essayé avec un petit pois surgelé sous son matelas suédois et ça ne l'avait pas du tout empêchée de dormir. Fiasco qui l'avait réellement affectée – elle avait cinq ans. Alors elle avait changé d'option. Elle s'était mise à observer son père, à le suivre partout et à le singer. Dans la voiture elle ne se plaçait jamais derrière lui afin d'avoir tout loisir d'observer son profil depuis la banquette arrière, ses mouvements de sourcils, ses crispations de la mâchoire, ses reniflements, la manière dont il tirait sur sa cigarette. Mais son père avait parfois des préciosités (il se voulait un intellectuel), aussi avait-elle choisi d'autres hommes pour modèles, un cousin de sa mère qui était flic et qui faisait tout le temps tinter la petite monnaie dans sa poche, le frère de sa mère qui était chauffeur de maître chez un vieux qu'il appelait le Baron et qui parlait toujours avec agressivité comme s'il voulait couper court à toute contradiction, le commis de l'épicier qui déchargeait le camion le matin en bloquant la rue, cigarette au coin du bec, un œil fermé à cause de la fumée, les jeunes types qui rentraient les nuits d'été à l'heure de la fermeture des bars et qu'elle regardait passer par la fenêtre de sa chambre, elle les entendait arriver de loin, leurs voix échauffées résonnaient dans la rue, elle sautait de son lit, elle se postait à la fenêtre et scrutait les garçons de la nuit, une fois son père l'avait surprise en position de voyeuse, à genoux devant sa fenêtre, Qu'est-ce que tu fais ? avait-il demandé dans l'encadrement de la porte. Elle avait été tentée de répondre, Rien. Mais elle avait opté pour, Je regarde la lune. Il avait dit en bâillant, Retourne te coucher, et il avait refermé la porte sans rien ajouter. On voyait bien déjà qu'il avait un pied ailleurs.

Quelle époque délicieuse tout de même, celle des tartes aux cailloux dans le square, des croûtes sur les genoux et de la conviction qu'on échappera au vieillissement. Elle avait vaguement conscience que la mort pouvait la concerner personnellement – néanmoins, les histoires qui finissent bien que sa mère lui lisait et la tonne de dessins animés qu'elle ingurgitait lui faisaient espérer qu'à la fin elle en serait exemptée. Quant au vieillissement, c'était définitivement l'affaire des autres.

Dans son objectif de se masculiniser, elle s'est mise à s'asseoir les jambes écartées et elle a modifié sa démarche (elle balançait les épaules, on aurait dit un vieux babouin ou un mauvais comédien qui feignait la désinvolture), elle parlait bas (elle n'arrivait pas à parler plus grave que sa voix de gamine, alors c'est ce qu'elle avait trouvé de mieux), ce qui donnait un marmonnement qu'aucun adulte ne comprenait, on la pensait timide ou pas très intéressante.

Tout était établi en termes de genre pour elle, il y avait les couleurs des femmes et les couleurs des hommes, la nourriture des femmes (les tomates et le thon en boîte) et la nourriture des hommes (les entrecôtes et les kiwis), il y avait les destinations de vacances pour femmes (Normandie et presqu'île de Quiberon) et les destinations de vacances pour hommes (Vieux-Boucau et Alpes d'Huez), les meubles de femmes (tabouret haut et commode à trois tiroirs) et les meubles d'hommes (tabouret bas et canapé), il y avait les voitures, les savonnettes, les livres (son père jamais ne lisait de livres écrits par une femme, il semblait que c'était un principe de haute autorité) et tout le reste, qu'on connaît déjà.

C'est vers ses onze ans qu'elle a décidé de se faire appeler Bob. Cela correspond à l'époque où son père a quitté la maison. Ce ne fut pas si triste de se retrouver toute seule avec sa mère. Je crois que celle-ci était soulagée et que la petite s'en rendait compte.

Jusqu'au départ de son père, le régime général de la maisonnée était organisé autour de lui – il fallait à sa mère administrer le silence et la tranquillité dont il avait besoin pour son activité (la rédaction de pièces de théâtre et d'obscurs travaux d'écriture pour d'obscures revues). Leur appartement n'était pas grand et il travaillait dans le salon sur un bureau face au mur. La petite marchait à pas de loup pour ne pas le déranger mais il disait sans se retourner, Je t'entends. Il finissait par aller boire un café à la brasserie en bas de chez eux et quand il rentrait, il s'asseyait à son bureau et dépliait le set de table de la brasserie où il avait noté toutes les idées géniales qui lui étaient venues.

Sa mère, elle, circonvoluait tout ce qu'elle prononçait. Elle disait par exemple à son mari en constatant qu'il n'y avait pas de pain pour le dîner et afin de justifier le fait de ne pas être allée elle-même à la boulangerie, Je n'avais pas pensé que tu n'en prendrais pas, plutôt que, J'avais pensé que tu en prendrais. Cette triste disposition fortifiait la petite dans sa conviction qu'il était plus confortable d'être un homme. Elle confondait le particulier et le général, ce qui est somme toute logique, son cosmos n'était composé que de deux satellites qui tournaient autour d'elle en s'esquivant l'un l'autre avec plus ou moins de grâce. Elle n'avait cependant jamais eu les exigences de monarque qu'on observe souvent chez les enfants. Il est fort possible qu'elle ait compris très tôt que, dans cet univers, l'astre central était son père plutôt qu'elle.

Quand il partit elles purent donc baisser la garde. Ce fut comme un grand soupir.

Le vendredi soir, elles dînaient maintenant dans le salon, devant la télé, de sandwichs passés au grille-pain (tomates chorizo fromage, un truc d'homme célibataire), et elles regardaient des films qu'elles avaient empruntés à la médiathèque – des westerns ou des comédies musicales. Sa mère s'endormait avant la fin. Les autres soirs elles chantaient toutes les deux à tue-tête de vieilles chansons sinistres (sa mère disait, Réalistes) en préparant le repas. Bob pensait que ça durerait toujours. Tout semblait si parfaitement immuable.

Mais le monde tournait un peu trop vite pour elle, ce qui la rendit triste puis la mit en colère. Elle ne comprenait pas toujours bien ce que les professeurs racontaient – on découvrirait trop tard qu'elle avait un léger déficit auditif – alors elle se caparaçonna contre leurs remarques ou leur indifférence, comme un poing fermé plein de ressentiment. La seule personne qu'elle supportait était un garçon discret et couvert d'acné qui dessinait des oiseaux sur ses cahiers pendant les cours. Il notait le titre bien centré en haut, appliqué, espérant sans doute que cette fois-ci, allez, pour une fois, il resterait concentré jusqu'à la fin de l'heure, puis il écrivait le début de la leçon, il finissait rarement la première ligne, il commençait à gribouiller, et ses gribouillis prenaient la forme d'oiseaux noirs qui envahissaient la page, toutes sortes d'oiseaux, des pies, des merles, des toucans ou des colibris ou des trucs qui n'existaient nulle part, son père était taxidermiste alors il avait tout loisir d'observer ces bestioles dans son atelier, Bob et lui s'asseyaient à côté l'un de l'autre dans tous les cours, ça avait fait jaser les débiles du fond de la classe, tracasseries qui s'étaient abrégées quand elle avait sorti un poing américain de son sac (elle l'avait trouvé caché dans le local à vélo, il appartenait sans doute à l'un des ados de son immeuble qui devait craindre une fouille parentale, elle l'avait pris par mesure de sécurité, un malheur est vite arrivé, et parce que de toute façon il n'y aurait jamais de mot sur le panneau en liège de l'entrée disant que le petit Clément du 5e avait égaré son poing américain). Après ça, quand elle arrivait au collège, tout le monde s'écartait dans la cour. C'était comme la mer Rouge qui s'ouvrait devant elle.

N'était-elle pas pourtant comme n'importe quel adolescent : chaque fois qu'elle frayait avec l'illégalité elle y voyait une expérience existentielle qui ne pouvait pas vraiment lui porter préjudice mais qui faisait partie *step by step* de l'apprentissage du monde. Alors son poing américain, son agressivité envers les professeurs et les élèves, le fait qu'elle mettait parfois dans sa gourde de la vodka piquée chez son père qu'elle buvait innocemment en cours de SVT (elle détestait la vodka, goût d'hydrocarbure, odeur de plastique, intérieur neuf de voiture, toundra et radioactivité) n'étaient finalement que de moroses tâtonnements.

Au début, Bob se demandait, À partir de quand je suis devenue triste ?

Mais ça ne rimait à rien. Elle cherchait toujours un commencement à toute chose, elle ne croyait pas au progressif. Ce fut d'ailleurs un jour en particulier, un mardi après-midi de séchage de cours, qu'elle découvrit un sens à son existence. Après la pause déjeuner, elle était rentrée chez elle avec Pablo (le garçon à l'acné et aux oiseaux) et ils écoutaient de la musique dans sa chambre, elle allongée sur son lit, lui enfoncé dans le pouf moche plein de billes de polystyrène qu'elle avait obtenu pour ses onze ans après supplications et promesses diverses, et dans lequel elle n'aurait à présent posé son cul pour rien au monde. Elle avait eu son illumination alors qu'ils se goinfraient de biscuits salés fourrés, d'une vague sous-marque de magasin hard-discount, faisant des miettes partout et attirant les fourmis – ce qui accablerait la mère de Bob si toutefois elle arrivait à braver l'interdiction qui lui était faite de pénétrer dans la chambre de sa fille. Bob sentait sa langue gonfler comme si celle-ci se prémunissait contre l'attaque des adjuvants chimiques.

Peut-être qu'en mangeant des trucs moins immondes et en ouvrant les fenêtres serait-elle moins triste et en colère ? Quelque chose bouillonna en elle (*bouillonner* est un peu fort, ce fut plutôt comme une légère vibration au niveau du sternum) et elle se leva d'un bond (*d'un bond* est un peu fort aussi, mais se lever était déjà un mouvement d'exception – Bob appartenant à ceux qui considèrent que couché c'est pareil que debout mais à l'horizontale). Elle alla dans la cuisine, ouvrit en grand le frigo puis le garde-manger sous la fenêtre, elle voulait faire une tarte à quelque chose, elle retira toutes ses bagues, elle en portait une dizaine, des bagues de biker comme il se doit, elle chercha un plat et ne trouva qu'une flopée de moules à tartelette au fond du placard, qu'à cela ne tienne, farine, beurre, tuto spécial débutants, pas de rouleau à pâtisserie, un verre bien lisse ferait l'affaire, Tu fais quoi ? (Pablo paresseusement appuyé au chambranle), préchauffage et tartelettes à tout (tout ce qui lui semblait convenir, tout ce qu'elle avait sous la main), artichauts italiens en bocal petitement découpés (masculin), parmesan (mixte), crème (féminin), jambon cru (masculin), tomates cerise en tout petits morceaux (féminin) – sa passion pour les délices minuscules viendrait peut-être de cette première expérience. Et hop au four. Installation sur une chaise devant la vitre du four. Surveillance de tous les instants. Pablo retourné dans la chambre sur son pouf en produits raffinés (de pétrole). Ding. Chose brûlante, fumante, odorante, hybride. Épiphanie.

Elle a commencé avec un grand souci d'exactitude, demandé à sa mère de lui acheter balance, thermomètre avec sonde, minuteur. L'exactitude et la précision la remplissaient de satisfaction et lui paraissaient donner forme et contour à son désir. C'était comme d'apprendre à colorier sans dépasser. Elle s'agaçait que le mot cuisinière soit plus dévalorisé que cuisinier – cuisinière lui évoquait soit une matrone devant son fourneau, tablier noué sur taille épaisse, chevilles gonflées et visage inévitablement rubicond, soit le fourneau lui-même. Elle se mit à collectionner les mots qui, quand ils passent au féminin, deviennent des objets ou du moins perdent leur nature humaine : veilleur veilleuse, chauffeur chauffeuse, chevalier chevalière, gourmet gourmette, etc. Elle les nota sur un grand papier qu'elle afficha dans sa chambre, complétant peu à peu sa collection.

Elle convainquit sa mère de ne pas l'inscrire au lycée du coin et de démarrer une formation en alternance pour devenir cuisinière – c'est bon, elle avait décidé qu'elle serait *cuisinière*, qu'elle ne serait ni une matrone ni un fourneau, elle serait cuisinière et elle s'appellerait dorénavant Rose (elle ne parla pas tout de suite à sa mère de ce changement, ses hésitations nominatives semblaient pas mal la perturber). Sa mère eut l'air enchantée. Et c'était, pour Rose (de notre côté, appelons-la comme elle l'entend), à la fois agréable et désagréable de satisfaire sa mère. C'était un écartèlement un peu incommodant. Elle aurait souhaité que sa mère se réjouisse de manière plus discrète – mais elle l'entendait rabâcher la nouvelle à ses amies comme si sa fille venait d'être retrouvée vivante dans la carcasse encore fumante d'un avion en haut d'une montagne, elle l'entendit même en informer son père qui de toute façon s'en foutait, de quoi ne se foutait-il pas, à part de son propre petit cul, et ça l'avait rendue un peu triste, elle avait eu envie de prendre sa mère dans ses bras pour la calmer et la rassurer et en même temps elle avait eu envie de la bâillonner et de serrer trop fort le bâillon.

Quand elle a commencé sa formation dans la prestigieuse école Roquencourt où sa mère avait réussi, pas peu fière, à l'inscrire, elle a essayé de parler plus gentiment aux gens, c'était comme si elle polissait des phrases aux bords trop coupants. Ça lui demandait un effort et du temps pour formuler ses questions. Ce qui continuait à la faire passer pour plus lente qu'elle n'était. Heureusement elle était douée et rigoureuse, et ses professeurs sceptiques au début finirent par l'avoir à la bonne.

Mais les choses dérapèrent et elle se fit virer de l'école – à cause d'un élève de deux ans son aîné qui la traitait en semi-crétine et qui tentait de lui apprendre la vie, Laisse faire, disait-il quand elle taillait des carottes en brunoise, voulant lui prendre le couteau des mains ou se postant au-dessus de son épaule en vol stationnaire afin de vérifier la régularité de sa technique, comme si elle était plus ou moins une incapable, elle avait plusieurs fois refusé son assistance en montrant les dents et elle s'était retrouvée dans son collimateur, il la frôlait et la bousculait, Oh désolé, tout est tombé, et un jour qu'elle se servait un café, patientant ensommeillée dans le ronronnement mou de la machine, il était passé derrière elle et avait chopé le gobelet fumant, elle avait froncé les sourcils, interloquée, C'est mon café, avait-elle dit, et il s'était éloigné sans se retourner mais en lançant, T'as qu'à t'en faire un autre.

Et puis il y avait eu une fois de trop et elle l'avait aligné.

Contre toute attente, son expulsion fut un bienfait.

On va se débrouiller, lui dit sa mère. Et même quand, quelques jours plus tard, la voisine, qui était une bonne amie de sa mère malgré leurs trente ans d'écart, s'inquiéta que Rose se soit fait éjecter de sa formation, sa mère répéta, Elle est maligne, elle saura se débrouiller. Que sa mère affirme cela d'un ton confiant et sans appel la tourneboula. Parce qu'au fond c'était peut-être ça l'enfance : avoir du mal à se caractériser et se contenter d'écouter ses parents qui disent aux autres parents, Oh il est très travailleur, ou alors, C'est un carnivore, puis s'appliquer à être travailleur ou carnivore, en passer parfois par l'astrologie en pensant que peut-être jour et heure de naissance seront révélateurs. Sommes-nous velléitaires ou têtus ? Fidèles ou désinvoltes ? C'est comme d'essayer plusieurs signatures avant d'en trouver une satisfaisante ou de changer d'écriture en cours d'année scolaire (rond à la place des points sur les i ? penchement à gauche ou penchement à droite ?).

Alors entendre sa mère dire, Elle est maligne, la remplit de gratitude. Elle n'en montra rien, bien entendu. Mais elle se mit à déroger peu à peu à son souci pointilleux d'exactitude et elle adopta la *mesure à l'œil* (couleur et texture) à chaque dîner avec sa mère. Ce fut le début de sa Grande Émancipation. Le temps qu'elle choisisse une autre école – moins prestigieuse certes mais il faut cesser de s'imaginer déclassée en permanence –, elle découvrit que les choses pouvaient se faire petit à petit dans un mouvement lent et presque invisible. Éclosion et vieillissement : en fait elle avait toujours soupçonné qu'il y avait quelque chose de somptueusement contre nature, et d'un peu écœurant, dans les floraisons filmées en accéléré. Qu'il était doux d'avancer à petits pas et, avant même de se faire confiance soi-même, de savoir que quelqu'un ici-bas vous faisait confiance. Même si c'était seulement votre mère.

Parce que Rose ignorait que toutes les mères n'étaient pas comme la sienne. Rose ignorait que certaines mères ne vous disent pas tous les jours qu'elles vous trouvent *particulièrement* belle, Rose ignorait que peu de mères vous féliciteraient de votre habileté à manier un marteau si vous débarquiez un soir avec un cadavre dans le coffre de la voiture, Rose ignorait que certaines mères sont froides ou jalouses et peuvent dire des choses comme, Oh tu t'es dessinée plus jolie que tu n'es, quand vous vous essayez à l'autoportrait, ou des choses comme, Oh tu sais, nos enfants, on les aime quelles que soient leurs capacités, Rose ignorait que certaines mères ne préviennent pas leur nouvel amoureux que si elle devait choisir entre lui et vous ce serait de toute façon vous. Mais peu à peu bien sûr, quand elle aurait passé le dangereux gué de son adolescence, elles retrouveraient le chemin l'une vers l'autre. Ce serait d'abord hésitant. Il faudrait réapprendre à se laisser serrer dans les bras et à ne pas esquiver les baisers, il faudrait réapprendre à discuter, à raconter et à ne plus considérer que votre mère est légèrement défectueuse. Ça prendrait du temps. Mais il y avait quand même une chance pour que ça marche.

L'homme du futur et la fille-barbelés

Savoir coudre, cuisiner, jouer du piano et passer des vitesses. Une saine ambition. Qui pourrait lui permettre de s'en sortir en camp de concentration. C'était ce que son père lui avait répété toute son enfance. Là-bas, on ne laisse pas en vie les gens qui ne savent rien faire, disait-il. Comme s'il s'agissait d'un endroit où il allait régulièrement pour vérifier que tout était toujours organisé selon le même dispositif.

Elle s'était appliquée à acquérir ces quatre compétences qui étaient censées lui sauver la vie après une rafle, mais il fallait se rendre à l'évidence, elle n'avait de réel talent pour rien de très utile.

Pourtant, quand elle était petite fille, on s'accordait autour d'elle à la trouver prometteuse. Au point qu'à l'école ses camarades voulaient être placés à côté d'elle sur la photo de classe afin d'être appelés pour monter sur scène dans l'émission qui lui serait consacrée le jour où elle serait célèbre, puisque s'il y en avait une qui avait une chance de devenir célèbre en sortant de ce lycée pourri, c'était bien elle – il y avait à l'époque des émissions sur les gens que vous aviez perdus de vue depuis perpète et les stars devaient s'enthousiasmer de retrouver devant les caméras leur institutrice moyenne section ou le garçon à qui elles taxaient des clopes à la sortie des cours.

Que savait-elle faire à l'époque ? Elle chantonnait, dessinait, grattouillait sa guitare et avait de bonnes notes en français. En plus de cela elle était attachante, plutôt drôle et jolie. Elle était donc *populaire*.

Comment ai-je pu faire si peu de ma vie ? se demande parfois Rachel. Elle n'en parlait jamais à Charles. Elle aurait été vexante. Et elle ne voulait pas vexer Charles qui était un homme réconfortant, un homme qui croyait en l'amour conjugal. Avec lui l'amour conjugal avait été comme une danse rêveuse, ils avaient tournoyé chacun lentement autour du cœur de l'autre, et c'était ce qui pouvait leur arriver de mieux. Ils n'étaient pas devenus l'un de ces couples où l'on tend le pied pour faire trébucher l'autre, où l'on se sert de l'autre comme d'un fautif idéal – il faut bien que quelqu'un ait mal rangé les couverts à salade, ou terminé les biscuits, ou oublié de racheter du shampoing. Charles était merveilleusement protecteur. Elle disait à ses amies, en faisant semblant de se moquer gentiment des attentions dont il l'entourait, Si un jour je me fais enlever dans la jungle, avant toute chose, appelez Charles.

Et maintenant Charles n'est plus là. Alors qu'ils pensaient tous les deux qu'ils vieilliraient ensemble. Ils en parlaient souvent, comme d'un projet riant et délicieusement lointain, ils s'imaginaient dans une maison au bord de la mer (mais pas trop près du rivage, Charles était un homme prudent que la montée des eaux tracassait), il jardinerait, elle lui lirait les définitions de ses mots croisés, ils iraient au cinéma municipal, elle serait bénévole à la Croix-Rouge, il s'inscrirait au club de cyclisme et ils accueilleraient des réfugiés de temps en temps. Tout cela faisait tellement rêver Charles qu'elle s'en réjouissait presque.

Rachel recouvre de papier alu les quiches et les salades et soupire. Comment va-t-elle pouvoir manger tout ça ? Elle pensait qu'elle serait épuisée après cette journée de funérailles, trop d'émotions, trop de gens, trop de paroles, mais en fait non, elle ne se sent pas si mal, elle s'immobilise, les deux mains en suspens comme si elle tentait d'identifier un bruit au loin, Je me sens comment ? et elle s'étonne, Ça va, pour l'instant tout va bien. Dorénavant ça va être ça, la grande affaire. Avancer avec précaution un pas après l'autre. Un truc de vieille, ricane-t-elle doucement.

Jean-Luc, la chatte, tournicote entre ses jambes, esquissant de dangereux huit à l'infini. Tout ce que porte Rachel jusqu'au frigo dégage une odeur si enivrante. La chatte s'appelle Jean-Luc parce qu'un jour la nièce de Charles qui se targuait d'être un esprit caustique – elle voulait devenir comédienne, riait fort et faisait d'amples gestes avec les mains quand elle parlait, pour sans doute cacher une grande timidité, d'après le diagnostic de Rachel – était passée leur rendre visite avec un chaton dans les bras et leur avait dit, Je pars en résidence à Trou-du-cul-du-monde, vous pourriez me garder Jean-Luc jusqu'à ce que je revienne ? et elle avait ajouté, Elle s'appelle Jean-Luc à cause des lunettes. En plissant les yeux et en regardant à distance le minois de la minette, on pouvait entrevoir ce qu'elle voulait dire par là. Autour des yeux de la chatte, deux grands cercles sombres lui dessinaient des lunettes à la Godard.

Inutile de préciser que la nièce de Charles n'était jamais repassée chercher Jean-Luc, sa vie de saltimbanque subventionnée ne se prêtant pas à la cohabitation avec un félin casanier.

Tu aimerais bien habiter dans le frigo, ma grosse, dit Rachel en essayant d'éloigner Jean-Luc. Elle lui sort de quoi manger et va à petits pas entravés jusqu'à l'écuelle de la chatte, Un peu de patience, un peu de patience.

Elle se penche, elle a mal au dos, elle a mal partout, comment peut-on finir par ne plus se tenir droite ? Est-ce venu d'un coup ou bien ce fut une lente et progressive voussure, un beau jour vous vous regardez dans le miroir de profil et vous voyez la bosse de votre nuque et puis les épaules qui se haussent, le cou qui disparaît, vous voilà sur le point de vous métamorphoser en tortue. Elle ne sait plus comment c'est arrivé. Ce qu'elle sait c'est qu'elle est en train de devenir une vieille dame un peu trop grasse. Elle s'était pourtant promis de ne jamais en devenir une.

Me voici dans mon nouveau pays, pense Rachel. Le pays du veuvage au féminin, du no man's land, des fringales nocturnes, du cinéma en matinée, des heures qui s'étirent en début de soirée et des animaux domestiques avec trop de jouets en plastique. Avant il lui fallait des cachets pour passer la nuit, il allait peut-être lui en falloir dorénavant pour passer la journée.

Retournant au salon, elle voit sur un fauteuil une veste noire qu'elle ne connaît pas. Elle s'en saisit, l'ausculte et la renifle, c'est un parfum de femme qui lui est familier. Elle la plie machinalement et la pose sur le guéridon. Elle s'assoit un instant sur le tabouret haut près de la fenêtre. Rachel ne s'assoit jamais sur le canapé – un canapé que Charles aurait voulu blanc cassé, il n'était pas homme à lubies ni homme à objets mais ce canapé blanc cassé dans la vitrine de la boutique trop chère du boulevard lui avait tapé dans l'œil. Ce n'était pas rien d'acheter un canapé blanc cassé. Alors finalement, quand il avait compris combien ce choix rendait sa femme à la fois perplexe et inquiète, il l'avait choisi gris clair. Moins Riviera. Plus modeste et faussement moins salissant. Elle ne s'était jamais assise dessus – bien que Charles qui aimait parfois élever le débat lui eût dit combien le canapé est un objet égalitaire : tout le monde est assis au même endroit et bénéficie du même confort. Sauf que non. Rachel avait peur de tacher le canapé – pas de le salir mais de le tacher. Le tacher avec ses liquides corporels. Elle ne l'aurait cependant jamais dit ainsi. Même si Rachel n'a plus ses règles depuis un moment, elle ne s'assoit toujours pas sur ce canapé. D'ailleurs, elle aimait bien avoir ses règles. Elle avait l'impression de fabriquer une petite maison chaque mois et de la laisser doucement s'écouler de son corps, comme un château de sable sanglant. Cette idée de fabriquer une petite maison – qui n'avait du reste jamais été habitée – lui avait si longtemps fait du bien. Ç'avait été comme un super-pouvoir potentiel.

La sonnerie de l'interphone la sort de sa songerie. Elle se lève, ce doit être la personne qui a oublié sa veste, elle décroche le combiné sur le mur de l'entrée, appuie quinze fois sur le bouton, on n'entend jamais ce qui se passe dans le hall, ça résonne, on peut toujours demander le nom de son visiteur, on entend seulement l'écho de quelqu'un qui baragouine et le claquement métallique de la clenche. Elle entrouvre la porte d'entrée de son appartement et revient à son rangement dans le salon. Quand la porte d'entrée se referme, elle se retourne et ne reconnaît pas du tout la personne qui est debout devant elle, sur le seuil. Sa première pensée est que la veste oubliée ne peut pas lui appartenir, elle n'est pas du tout à sa taille. De plus c'est une veste de femme. Tandis que manifestement cette personne est un homme. Plutôt grand, avec la carrure de quelqu'un qui a dû être costaud mais ne l'est plus vraiment, barbe et calvitie précoce, l'air fatigué ou hagard, 25 ans ou bien 35 (Rachel n'a jamais su donner un âge précis aux gens – Charles la taquinait à ce propos, il lui demandait de deviner l'âge d'un acteur de cinéma et il jubilait en lui prouvant qu'elle s'était encore trompée de 15 ans).

L'homme demande, Vous êtes seule ? Il a un accent mais Rachel ne parvient pas à l'identifier. Elle dirait moldave pour dire quelque chose. Elle répond, Qu'est-ce que vous faites là ? Le type jette un œil dans la cuisine, ouvre la porte de la salle de bains.

Je vous prierais de sortir, dit Rachel. Elle n'a pas encore peur, elle est en colère, mais le type dit calmement, Ta gueule. Et entendre ces mots, alors que Charles ne peut à aucun moment rentrer à la maison avec le sac de courses et l'habituelle bouffée d'air parfumée au gasoil, la glace d'effroi. Elle se dit, Oh faites que je ne me pisse pas dessus devant ce type. Elle se sent atrocement seule et vulnérable, elle ne sent pas cette poussée d'adrénaline qui devrait la faire réfléchir plus vite et tenter une action à la fois judicieuse et risquée. Elle regrette seulement que Jean-Luc ne soit pas un doberman. Sur quoi la chatte vient s'enquérir de l'identité du nouvel arrivant. Elle reste sur le pas de la porte de la cuisine, elle agite lentement sa queue, expectative.

Que voulez-vous ? murmure Rachel.

Le type se tourne vers elle et répond obligeamment, J'ai besoin d'argent et j'ai besoin de manger.

Elle se souvient d'une de ses amies qui avait été agressée chez elle et, comme elle n'avait pas de liquide, le type l'avait accompagnée jusqu'au distributeur le plus proche sous la menace d'une seringue – censément infectée par le sida. La banque avait refusé de la rembourser après cela, considérant qu'elle avait elle-même tapé le code pour avoir accès à son compte, donc bon.

Elle se dit que le fait d'être vieille l'exempte de viol – elle ignore que cette condition arrête rarement les violeurs ou seulement quand ils ont quelqu'un de plus frais sous la main. Peut-être qu'il est drogué et dans ce cas, comme l'affirmait Charles, difficile d'anticiper ses réactions. Elle est toujours debout dans le salon à côté des reliefs (quel joli mot pour nommer les trucs à moitié mangés qui vous dégoûteront tout à l'heure) du repas de funérailles. Et il dit, Je viens du futur.

Nous y voilà.

Et étrangement, le fait qu'il dise une chose aussi incongrue aide Rachel à reprendre pied. C'est une phrase d'enfant ou de dingue ou d'homme qui vient du futur. Quoi qu'il en soit, il lui fait tout à coup moins peur. Elle répond, Je n'ai pas grand-chose mais je vais vous donner ce que j'ai et après vous partirez. C'est performatif comme phrase. Elle y met toute sa conviction. Elle se dirige vers sa chambre, et le type dit, Pas de conneries. Il ouvre un tiroir du meuble de cuisine, on pourrait penser qu'il habite ici et qu'il sait où trouver ce qu'il cherche, mais il est possible que tout le monde range ses grands couteaux dans le même tiroir du même meuble de cuisine, il sort le couteau pour découper les filets de poisson, sublimement pointu, elle aurait choisi le même pour faire peur à quelqu'un, et il la suit dans la chambre. Elle fouille dans la commode, elle a toujours du liquide dans une pochette en nylon. Elle lui tend la pochette. Il l'ouvre pour examiner son contenu. C'est tout ? dit-il. Je suis une vieille dame, dit Rachel. Et je ne suis pas une vieille dame riche. Mais venez à la cuisine. J'ai plein de choses à manger. Les vieilles dames n'ont pas toujours d'argent, ajoute-t-elle, mais elles ont toujours de quoi faire un bon repas.

Comment peut-elle se comporter ainsi ? Elle se sent assez dissociée tout à coup pour évaluer son propre comportement et s'en étonner. On pourrait presque la trouver malicieuse. Ou fataliste.

Elle trottine et pépie. C'est comme ça que font les vieilles dames, non ? Rachel n'est pas si vieille, loin de là (j'aime assez l'indécidabilité dans laquelle vous met ma description de Rachel, elle

VEUT se faire passer pour une vieille dame, et c'est ça qui est important. Charles se moquait gentiment d'elle à ce propos. Et elle, elle rétorquait, Oui mais avoir l'air inoffensive, c'est génialement efficace pour obtenir ce qu'on veut).

Elle dit à l'homme, Asseyez-vous. On vient d'enterrer mon mari alors j'ai le frigo plein.

Et le type s'assoit – c'est fou comme on est tous habitués à obéir, même quand on est un type hagard qui vient du futur. Il pose le couteau à côté de lui sur la table, elle va fouiller dans le frigo, Jean-Luc est rassurée, la chatte commence à tournicoter autour des pieds de la chaise. Le truc ça va être de réussir à se débarrasser du bonhomme sans effusion de sang, pense Rachel, ou en tout cas pas du mien. Elle est en train d'échafauder des scénarios tout en ôtant l'aluminium qui recouvre les quiches et les salades de pâtes. Les salades de pâtes ont toujours un peu déprimé Rachel – pourquoi manger des pâtes froides assaisonnées à la mayonnaise si vous pouvez vous faire une merveilleuse et brûlante arrabiata ? Ces préparations lui semblent trop explicitement roboratives : remplissez-moi ce ventre que je trouvais si vide. Mais, n'est-ce pas, à quelque chose malheur est bon. Servir à son intrus une salade de macaronis au thon et aux poireaux lui évitera de la jeter dans le vide-ordures.

Et elle lui dit, Je vais vous faire aussi un petit pesto à l'ail des ours.

Le type la regarde, il est démuni, le voilà revenu dans la cuisine de sa propre mère, Rachel sait que le mal qui nous habite est autant individuel que général, mais elle sait aussi que certains d'entre nous ne sont pas très bons tortionnaires a priori, elle ne doute pas une seule seconde que le type pourrait devenir un monstre dans des circonstances adéquates mais là, il est simplement démuni.

Et elle lui dit, Parlez-moi du futur.

Elle lui tourne le dos et s'attelle à sa tâche, elle sort le bouquet de colchiques du verre à bière qui sert de vase, ce bouquet qu'elle est allée cueillir dans le petit bois à côté du cimetière où Charles vient d'être inhumé. Charles adorait les colchiques. Ils s'étaient rencontrés à la chorale de la MJC de Santeuil-sur-Vair sur cette chanson, Colchiques dans les prés fleurissent fleurissent, colchiques dans les prés c'est la fin de l'été. La voix haute de Rachel faisait des merveilles. Charles était tombé sous le charme.

Le type dit, Je peux te raconter mais après je serai obligé de te tuer.

Le mal a les yeux vitreux et la comprenette bloquée et il se croit tout permis. C'est, à peu de chose près, ce que pense Rachel en train de préparer son pesto tandis que le type lui parle du futur.

Il dit que ça avait mal commencé et que ça a mal fini mais qu'au milieu c'était pas si mal. Il raconte les camions-citernes qui apportaient l'eau chaque semaine, les générateurs d'électricité au fuel qui empuantissaient les villes, il raconte le fuel qui est venu à manquer juste avant qu'on découvre que le lisier était une alternative très efficace. Alors les villes ont pué encore plus. Mais au moins on pouvait continuer à se servir de tous ces objets qui ne servent à rien mais qui rendent la vie moins dure.

Quels objets ? dit Rachel.

Il invente des noms d'objets, le percolateur à plasma, le réducteur à diodes ondulatoires.

Elle renonce à lui demander à quoi ils servent. Elle ne veut pas l'entraîner trop loin. Elle veut juste qu'il patiente pendant qu'elle lui concocte son pesto mortel. Cela fait des années que Rachel souhaite préparer ce pesto mortel. Elle ne l'a jamais préparé jusque-là, grands dieux non, elle n'avait jamais été tentée de se débarrasser de qui que ce soit. Elle était encore toute petite fille quand une amie de sa mère qui cueillait au printemps des plantes sauvages dans les sous-bois avait confondu ail des ours et colchique, puis s'était préparé un petit pesto comme à son habitude pour tartiner ses bruschettas. On l'avait retrouvée le lendemain morte dans son vomi ensanglanté. Cette histoire avait fortement impressionné la Rachel de 5 ans.

Le type continue de raconter le futur, qui ressemble malheureusement à tous les futurs que l'on nous promet : villes invivables, surpopulation, épidémies, réfugiés climatiques, technologie hors de contrôle, migration vers les campagnes avec si possible un puits au milieu du jardin...

C'est pas gai, commente Rachel.

Il confirme. Il ajoute qu'il n'a donc plus rien à perdre. Qu'il n'a aucune envie d'y retourner. Il se met à ricaner. Il a un ricanement inquiétant et fort laid. Rachel aimerait lui dire d'arrêter de ricaner. Mais elle n'est indubitablement pas en position de le faire. Elle le regarde, il mange sa salade de pâtes, son couteau toujours à portée de main. Au moment où elle dit, Voilà c'est prêt ! la sonnerie de l'entrée retentit.

Tu attends quelqu'un ? demande-t-il, paniqué.

Elle dit non en fronçant les sourcils pour souligner sa propre surprise.

C'est moi, c'est Bob, maman a oublié sa veste, crie de derrière la porte la fille de la voisine. Celle que Rachel appelle la fille-barbelés à cause de l'air aimable qu'elle arbore en toutes circonstances. Et avant que le type réagisse, Rachel crie, C'est ouvert ! Alors Bob pousse la porte et entre avec son allure de bad boy, sa casquette de base-ball, et sa mine renfrognée.

Je vous dérange ?

Pas le moins du monde, dit Rachel. Mon jeune ami s'apprêtait à repartir.

Et là c'est amusant, le type du futur reste interdit, il ne sait plus quoi faire, le surgissement de Bob ne faisait pas partie de son plan, il se lève en renversant sa chaise, il hésite une demi-seconde, je ne sais pas ce qui se passe dans son cerveau à moitié irrigué, il pourrait se jeter sur l'intruse, c'était quitte ou double cette apparition, mais en fait il dispose d'un merveilleux instinct de conservation et d'un brin de bon sens, alors il attrape la pochette en nylon sur la table mais pas le couteau, et puis il se sauve, il bouscule Bob dans l'entrée et il disparaît par la porte ouverte, dégringolant les escaliers à toute vitesse.

Je lui ai fait peur ? demande la jeune fille.

Non, dit Rachel, tu lui as sauvé la vie.

L'étrange épiphanie du docteur Schmull

Le docteur Schmull pourrait bien avoir 812 ans. Il ressemble moins à un humain qu'à un arbre sec. Ou même à du bois pétrifié – ce qui nous ferait remonter à bien plus que 812 ans, cela va de soi. Les gens qui bossent pour lui l'appellent entre eux le Baron. Laszlo Coppa dit aussi le Mort. Ce que n'aiment ni Cherie, la cuisinière philippine qui se signe à chaque fois, ni Gosia l'aide-soignante polonaise qui se signe une fois sur deux. Laszlo Coppa est le chauffeur du Baron. Ce qui revient à rester assis une bonne partie du temps dans un coin du bureau à feuilleter des magazines. Le vieil homme ne supporte pas les gens vissés à leur téléphone portable – il dit qu'il peut voir leurs neurones s'étioler et que ça le rend nerveux – alors les téléphones sont interdits dans la maison. Il a l'impatience des vieillards. Et il déteste la faiblesse aussi, si bien qu'il s'exaspère lui-même, ses canaux lacrymaux capricieux l'affectent encore plus que les déficiences de sa vessie.

Le bureau du Baron est un cabinet de curiosités somptueusement inquiétant, girafon empaillé, tête réduite jivaro, gorgones et fleurs d'améthyste, ormeau géant, fœtus de cigogne dans le formol, peigne de Vénus aux aiguilles d'un blanc si crayeux qu'elles en paraissent phosphorescentes, calamars et homards pris dans la résine, chauves-souris et mygales sous globe, mâchoire de requin géant, queue de raie et œufs d'autruche.

Laszlo passe toute la journée assis sous la collection de crânes de crocodiles du Bengale. Le Baron ne sort plus beaucoup mais la possibilité d'une sortie doit demeurer envisageable. Ce serait, semble-t-il, sa dernière abdication (tout comme j'ai compris que mon père ne ressortirait pas vivant de l'hôpital quand il m'a dit que je pouvais me débarrasser de sa voiture).

La maison du Baron est tout en haut de la colline à l'ouest de la ville. L'ouest est le meilleur endroit pour les heureux du monde dans nos contrées. Les vents balaient depuis toujours la souillure vers les quartiers est. Laszlo, tout comme Cherie et Gosia, habite à l'est bien entendu.

Je pourrais écrire que le Baron a fait fortune dans l'immobilier ou dans le pétrole. Et ça donnerait une idée assez juste du bonhomme. Mais en fait personne ne sait vraiment d'où lui vient sa fortune. Et pourquoi on dit *docteur* Schmull. J'ai cru comprendre pour ma part qu'il n'avait pas vraiment fait fortune mais plutôt accompagné en douceur le lent dépérissement d'un patrimoine dont il avait été le dernier héritier – il est le légataire, paraît-il, de plusieurs aciéries, celles qui firent, à partir de la fin du XVIIIe siècle, les grandes heures des régions frontalières de l'Est.

Il ne s'est jamais marié, il n'aime pas les femmes, il dit qu'elles transforment leur statut de victime en vertu, et il n'aime pas particulièrement les hommes non plus, il n'a jamais dépensé son argent ni en voyages – les objets venaient à lui, il ne venait jamais aux objets – ni en quelconques réceptions fastueuses. On aura compris que le Baron n'apprécie pas follement la compagnie. Il a été, toutefois, et pendant une brève période, un jeune homme fringant – quelques photos en attestent – mais il s'est vite rencogné dans une misanthropie morose. Il dit que les humains ne l'ont jamais déçu puisqu'il ne s'est jamais fait une très haute idée de cette triste engeance. Ils ont en commun, d'après lui, trois caractéristiques : abus de pouvoir, désinvolture et convoitise. Il ajoute qu'il n'en est malheureusement pas exonéré lui-même.

Depuis qu'il ne peut plus marcher et ne se déplace que dans la chaise roulante que pousse obligeamment Laszlo, le Baron passe ses journées dans son bureau, posté devant la grande baie vitrée, une couverture sur les genoux. L'été il reste sur la terrasse. Il observe le lointain, un bois plutôt touffu dévale la colline, et au-delà on aperçoit la ville, et les gratte-ciel du quartier des affaires. Il demeure des heures ainsi, à peine plus vivant qu'un nain en plâtre.

Laszlo, le chauffeur du Baron donc – et c'est lui dont je veux vous parler –, a toujours été un homme d'expédients et son emploi chez le vieil homme est de loin le plus tranquille mais le plus ennuyeux qu'il ait jamais occupé. Il ne peut même pas lire les revues de son choix, il est obligé de lire celles auxquelles le Baron est abonné. Elles parlent toutes d'animaux morts ou de fossiles multimillénaires, ses deux passions. Merci bien. Laszlo descend régulièrement à la cuisine sous différents prétextes et se désennuie, dans la pénombre domestique qui y règne, en consultant ses magazines de turf et en grignotant des madeleines. Le Baron veut des madeleines à peine sorties du four tous les jours à 16 h 30 pile. L'autre obsession du

Baron, ce sont les fruits pourrissants. Il dit qu'ils ont un goût de vieille liqueur. Il fait plus confiance à Laszlo qu'à Gosia ou Cherie. Cela a sans doute à voir avec le fait que Laszlo est un homme. Malgré sa détestation de l'espèce humaine il y a tout de même une hiérarchie de genre chez quelqu'un comme le Baron. Il faut savoir qu'il a sorti Laszlo de l'embarras en l'embauchant. Les huissiers étaient à sa porte quand il avait envoyé sa candidature pour devenir chauffeur de Sa Seigneurie, et le Baron est convaincu qu'une bonne compréhension des turpitudes humaines alliée à une reconnaissance éternelle lui assurent un chauffeur-homme de confiance dont chacun pourrait rêver. À cela, on voit que, malgré son très grand âge, le Baron surestime ses capacités à évaluer les êtres – mais c'est une constante chez les vieux mâles riches, ils sont plus arrogants que paranoïaques. Ils pensent que tout le monde est un peu moins intelligent qu'eux.

Laszlo est un drôle de type. Son père était un universitaire fou de fougères à la vie parfaitement réglée, il a tout fait pour ne pas lui ressembler. Il a abandonné l'école très vite et a grenouillé à droite à gauche, s'appliquant à une absence de stabilité remarquable. Et il se retrouve maintenant à poireauter toute la sainte journée chez un autre vieux fou de bestioles disparues. La vie est farceuse.

C'est en allant déjeuner chez sa sœur un dimanche que vient à Laszlo une idée de génie (c'est lui qui s'exprimera en ces termes avant que tout cela ne tourne au fiasco). Sa sœur, Éva, est agente immobilière mais son appartement est trop petit – les cordonniers n'est-ce pas –, alors elle dort dans le salon tandis que sa fille dispose d'une chambre. Ce qui n'empêche pas l'endroit d'être chaleureux. Laszlo aime y passer une partie de ses dimanches avec sa charmante petite sœur. Éva est une jolie femme avec des cernes cendrés, un sens aigu de la famille et le cœur sur la main – c'est leur mère qui disait ça, sans doute pour suggérer que Laszlo était dépourvu de cette qualité et que, va savoir pourquoi, on fabrique des enfants aussi différents l'un de l'autre.

Ce midi-là il y a à table la nièce de Laszlo qui ressemble à un garçon – elle veut même qu'on l'appelle Bob depuis quelque temps –, et un garçon qui ne ressemble à rien – il s'agit apparemment du meilleur ami de sa nièce. Laszlo s'est étonné à part lui que sa nièce ait un ami. Il l'a toujours considérée comme un animal asocial qui bienheureusement s'est découvert une passion pour la cuisine – Laszlo dit *la cuistance*. Elle leur a préparé aujourd'hui un plat mystérieux – Laszlo ne demande jamais le nom de ce qu'il mange, pas plus qu'il ne s'enquiert des ingrédients. Il mange et puis c'est tout. C'est malgré tout l'une des raisons de ses visites dominicales chez sa sœur. La semaine il déjeune chez le Baron et il partage le repas de Cherie, la cuisinière, qui prépare trop souvent ses *saloperies mexicaines* pimentées. (Je vois bien qu'il ne vous est pas sympathique. À moi non plus d'ailleurs, même si je sais qu'il a des circonstances atténuantes – quelques addictions, d'anciennes mauvaises fréquentations, l'impératif de se tenir droit malgré les turbulences, ce qui est toujours éreintant et finit par affecter l'humeur.)

Les deux jeunes gens étant relativement muets, la sœur de Laszlo, histoire de faire la conversation, signale que le père de Pablo, le garçon qui ne ressemble à rien, est taxidermiste. Laszlo est dans un bon jour, il s'intéresse et pose des questions. Le garçon répond par onomatopées en ne regardant pas Laszlo et en parlant si bas qu'il semble s'adresser à sa fourchette – Bordel, ils sont tous asociaux, s'agace Laszlo qui ne connaît rien à l'adolescence. Il ignore que cette manière de s'exprimer induit surtout qu'une conversation avec un adulte s'apparente pour ce garçon à une corvée. Le non merci que le garçon considère comme une parfaite formule/esquive de politesse finit par devenir à la fois désobligeant et condescendant. Laszlo, que le muscadet rend communicatif, dit que le vieux chez qui il travaille collectionne les animaux empaillés les plus rares. Mais cette déclaration n'éveille rien chez le garçon et la conversation se poursuit entre Laszlo et sa sœur qui l'interroge comme d'habitude sur les petites excentricités du Baron.

En revenant chez lui ce dimanche soir-là, Laszlo laisse son esprit divaguer et se dit qu'il y a peut-être quelque chose à tirer de sa compulsation quotidienne et fastidieuse des revues du Baron. Il a lu récemment que les dodos dans les muséums étaient des reconstitutions. Des chimères fabriquées à partir d'autres bestioles : pattes d'émeu, plumes d'autruche et de nandou, bec en corne de vache... Il ne reste rien de ce malheureux oiseau à part quelques squelettes plus ou moins complets disséminés de par le monde. Laszlo se met à imaginer un dodo, le dernier dodo de l'île Maurice, empaillé par un naturaliste anglais du XVIIe siècle, et qui serait caché dans les réserves secrètes d'un grenier londonien sous la garde des descendants dudit naturaliste. Et la dernière descendante venant de passer l'arme à gauche sans héritier, ô stupeur et saisissement, on découvrirait l'animal dans son bricà-brac poussiéreux. Les musées du monde entier se l'arracheraient. Ou bien l'information ne filtrerait qu'étroitement et seuls quelques collectionneurs fortunés et sans vergogne auraient vent de la chose et tenteraient de l'acquérir. Oui c'est ça. Ce pourrait être amusant.

Alors Laszlo passe la soirée à élaborer une sorte de plan – même si *plan* est un peu fort. Il s'agit plus d'une songerie récréative. Il se dira des années plus tard qu'il aurait mieux fait de s'abstenir. Mais présentement il s'amuse, il envisage, il suppute.

Dans les jours qui suivent, il se renseigne auprès de sa sœur sur le père de Pablo, où il travaille, son nom, sa situation. Laszlo se réjouit d'apprendre que l'homme en question élève seul son fils, le statut de parent isolé empêchant, je ne vous l'apprends pas, une juste répartition des charges fixes et instabilisant le moindre foyer. Au demeurant il recueille peu de précisions, hormis que le type porte un prénom allemand et bosse pour la galerie Peffingen. Sa sœur s'étonne vaguement de l'intérêt que Laszlo montre pour le *père de l'ami de sa fille*. Laszlo dit que son patron cherche une nouvelle galerie pour alimenter son cabinet de curiosités, la dernière ne l'ayant pas pleinement satisfait. Tu sais comment sont les richards, dit-il.

Elle approuve, même si elle ne sait pas bien comment sont les richards et qu'elle connaît l'amertume de son frère qui s'insurge depuis tout gamin contre la mauvaise fortune qui l'a fait naître pauvre, ambitieux et poissard.

Et c'est tout cela que Laszlo va ressasser dans sa cellule de Fleury, il regrettera d'avoir contacté ce taxidermiste, comment une telle idée a-t-elle pu lui venir, faut-il être con tout de même, et se croire malin, c'est sans doute ça le fond du problème, être con et se croire malin, il aura des moments d'auto-accablement, mais la majorité du temps il considérera que le taxidermiste était un filou – puique lui n'est pas passé par la case prison. Ce qui est agréable, quand on est à deux dans une galère, c'est qu'on peut toujours considérer que l'autre est en plus grande partie responsable du ratage, et on oublie le faisceau de circonstances qui a fait naître l'occasion, cette occasion qui promettait à la fois de se désennuyer et de s'enrichir pour de bon. Laszlo revoit l'allure du taxidermiste, cet air mélancolique et toujours un peu effrayé, comme un rongeur acculé dans un angle de grenier. Le bonhomme avait argué de sa bonne foi devant la juge, il ne voulait pas tromper le vieux Baron, il avait seulement accédé à la demande d'un excentrique collectionneur par l'intermédiaire de Laszlo. Fabriquer une chimère était une fantaisie délicieuse pour un taxidermiste, n'est-ce pas, madame la juge. Ce qui avait joué en sa faveur, il est vrai, c'est que Laszlo ne lui avait pas communiqué le montant de la somme faramineuse qu'il avait réellement demandée au Baron. S'il lui avait dit, ça lui aurait mis la puce à l'oreille, à notre taxidermiste. Il aurait compris que Laszlo voulait se faire une petite fortune sur la crédulité d'un vieil homme.

Le fait que le Baron faisait totalement confiance à Laszlo, ou plutôt qu'il avait *envie* de lui accorder sa confiance, qu'il appréciait le côté petite frappe amendée de Laszlo (celui-ci avait le charme des menteurs, ceux qui, depuis l'enfance, racontent des histoires aux autres et surtout se racontent des histoires sur leur propre compte), le fait que le Baron lui faisait confiance donc, élément qui participerait à la sévérité de la peine pour abus de faiblesse, était source de plaisir pour tous les deux, pour le vieux comme pour le petit escroc. Laszlo a dit au Baron qu'il avait appris par quelque intercesseur de sa connaissance qu'il existait encore un dodo naturalisé à Londres, conservé depuis quatre siècles par une dynastie de cinglés, il a donné des références mi-réelles mi-imaginaires, il a fait jurer le secret, il a montré une photo de la bête, une photo floue de la chimère du Muséum d'Histoire naturelle, mais de toute façon le vieux n'y voyait plus très clair, alors sur un écran de téléphone n'en parlons pas, et le vieux voulait y croire à ce dodo empaillé rescapé, et Laszlo lui a dit qu'il n'était pas le seul à désirer ajouter cette bestiole à sa ménagerie, et le Baron s'est senti une dernière fois titillé, et c'était si bon cet émoustillement tardif, à tel point que Laszlo, pour sa défense, invoquerait le plaisir qu'il avait procuré au Baron avec cette histoire fumeuse de dodo, parce qu'à part les madeleines de 16 h 30 et les prunes moisies, on peut dire que les plaisirs du baron étaient réduits à peau de chagrin. Alors à voir le vieux se pâmer, ses yeux briller et ses mains trembler, quand au bout du compte Laszlo avait ouvert la caisse qui renfermait le faux dodo, eh bien, sans être sentimental, on ne pouvait que se sentir réjoui et content de soi.

Et si Lazlo avait pu être présent durant la dernière nuit du Baron plutôt que chez lui en train de faire des plans sur la comète grâce à l'argent qu'il venait de gagner, s'il avait pu être présent lors de cette nuit qui clôtura la journée de la plus belle acquisition du Baron, il aurait assisté à un moment d'une intensité sans pareille.

Le Baron ne réussit pas en effet à trouver le sommeil malgré les pilules du soir, il resta éveillé dans son grand lit carré, allongé sur le dos, bien au milieu, je le vois parfaitement, bordé comme il faut, ses vieux bras dans la chemise de flanelle posés à plat sur les draps, les yeux fixés au plafond. Le sang se remit à circuler dans ses veines avec lenteur et obstination comme lors de ses plus belles heures. Et de même que certains bambous connaissent leur unique floraison avant leur disparition définitive, et parce que, en ces ultimes instants, la vie retire souvent ses lois, le Baron repoussa ses draps, posa ses pieds sur la peau de zèbre qui lui servait de descente de lit et réussit à se lever. Il marcha prudemment jusqu'à son bureau, ouvrant chacune des portes et s'extasiant de chacun de ses petits pas et s'extasiant aussi (l'extase ne signifiant pas la jouissance, mes très chers, mais signifiant plutôt, si on se veut pointilleux et vaguement helléniste, le fait d'être chassé de soi, chassé hors de ses propres sens), s'extasiant donc aussi de revoir sa maison depuis une altitude d'adulte, même dans l'obscurité, et s'extasiant de pouvoir tourner lui-même les poignées de cuivre des lourdes portes, chose fort peu commode depuis son fauteuil roulant. Avançant lentement vers son Glorieux. Car là dans son bureau il y avait le dodo. La fenêtre était entrouverte et on entendait, pourquoi pas, monter depuis la maison sur la colline à côté de chez lui *My Way* de Franck Sinatra. Le Baron voulut allumer l'une des nombreuses petites lampes qui rendaient le mieux hommage à sa collection mais c'était inutile, la lune était assez pleine ce soir-là pour éclairer comme il se doit son fier oiseau – c'est ainsi que le voyait notre Baron, alors qu'on sait que le dodo était un oiseau aussi replet qu'un notaire de province, qu'il ne disposait que de deux ailes atrophiées et d'un bec comme un énorme casse-noix, ce qui n'est pas, somme toute, ce qu'on pourrait supposer être l'apanage de fiers oiseaux. Mais peu importe. Il tourna la tête un instant et aperçut les lumières qui clignotaient au loin au sommet des gratte-ciel du quartier des affaires, une brise légère agitait les rideaux, il pensa à ce que pouvait être la colline avant sa domestication et sa quasi-destruction, il pensa à la sauvagerie, il se figura des cris d'oiseaux inconnus et des mugissements et même un barrissement, il prit conscience du caractère si fugitif de toute notre grande affaire, il sourit, il se mit à rire, il n'avait pas ri depuis l'enfance, tout comme il n'avait pas pleuré depuis l'enfance, et sa propre voix quand il rit le surprit, son rire ressemblait vaguement à un sanglot, on aurait dit un ours blessé, et quand il reporta son attention sur son bel animal, il vit ce qu'il n'était pas censé voir, il le vit ouvrir son large bec et laisser échapper un coassement discordant, et autant les barrissements sur la colline étaient des illusions autant ce coassement revêtait une réalité fascinante. Le Baron porta la main à sa poitrine, car ce fut le moment où son vieux cœur explosa. Il s'affaissa alors doucement, sa chemise de flanelle flottant autour de lui comme une montgolfière qui se pose.

Pour en revenir à Laszlo, qui est vraiment un drôle de type comme je le mentionnais plus haut, il réussit à se dire dans sa cellule, après s'être laissé aller à l'abattement, et même s'il ignore dans le détail l'étrange épiphanie qu'a vécue le Baron avant l'instant ultime, que donner de la joie à un vieux bonhomme quasi mort est bien ce qu'il a fait de mieux ces dix dernières années. Et il peut se rendormir satisfait, allongé sur son grabat.

Du mauvais usage de nos dons

Il avait été un enfant voyant à l'époque où il vivait au Mexique.

Alors comment en est-il arrivé là ? Ça pourrait sembler une (mauvaise) blague. Partez du point A pour vous rendre au point B et tentez la dégringolade en vitesse de croisière.

Hermann vient de raccrocher et il reste songeur, son téléphone dans la main droite. Il a une petite tendance à rester songeur, parfaitement immobile, comme un soldat de terre cuite. Une sorte d'un-deux-trois-soleil qui peut le faire paraître inquiétant (c'est ce que lui disait Line son ex-femme, au début) ou bien idiot (c'est ce qu'elle disait à la fin). C'est lui le CD défectueux coincé sur les trois mêmes notes, bloqué à tout jamais.

Hermann est encore à l'atelier alors qu'il est près de 21 heures. Il a traînassé sous le prétexte d'avoir une commande à terminer. Un loulou de Poméranie mort d'une infection rénale. C'est une grande partie de son travail. Redonner forme et expression à nos chers animaux domestiques trop tôt disparus. Ce n'est pas la partie la plus valorisée du métier. Mais Hermann est un sentimental. Alors il est touché par le désir de ces petites dames de garder auprès d'elles, jusqu'à leur propre extinction, leur bestiole suspendue pour l'éternité dans une posture parfaite. Lui, il n'a jusque-là jamais eu l'ambition de naturaliser un zèbre ou un pangolin. Non. Il est toujours resté la petite main de l'atelier Peffingen. Les autres disent qu'ils travaillent pour la galerie Peffingen. Lui il dit, Je bosse à l'atelier.

Hermann a cinquante-deux ans et il en a vu défiler des gamins à l'atelier, des gamins à qui il a appris le métier et qui ont continué leur route en l'oubliant – ce n'est pas tout à fait vrai, les gamins devenus adultes aimeront, avec une complaisance attendrie, se pencher sur leurs années de formation et évoquer le sérieux, la bienveillance et la modestie de leur premier maître en la matière. L'âge ingrat, cher Hermann, finit toujours par passer (Hermann a toujours cru que *âge ingrat* avait à voir avec les métamorphoses dissonantes et les peaux acnéiques, et c'est depuis peu, depuis que son propre fils Pablo est adolescent, qu'il comprend le double sens de cette ingratitude). Donc, même si les jeunes gens qu'il a formés ne sont pas aussi oublieux qu'il le pense, il est vrai que Hermann est demeuré assis sur le talus quand ceux-ci lui ont lâché la main, il les a tranquillement regardés s'éloigner.

Tu manques d'ambition, lui répétait Line.

Jusque-là, ça n'avait jamais été un problème pour Hermann. Ce qu'il aimait, c'est être avec son scalpel, ses dépouilles, et l'idée d'une vague transcendance.

Line, avant de le quitter, croyait toujours qu'il allait la quitter. Quand elle avait rêvé qu'il la trompait avec une autre femme, elle lui faisait la gueule toute la journée ; quand ils regardaient un film ensemble, elle lui disait, Elle te plaît, non ? en parlant de l'actrice principale, et quand un morceau d'une chanteuse qu'il aimait bien passait à la radio, elle disait, Écoute, c'est ta copine.

Et à l'arrivée c'est elle qui était partie vivre avec son dentiste. Ça paraissait fou qu'un type tombe amoureux de vous quand vous aviez la bouche grande ouverte et que vous ne pouviez en aucun cas discuter avec lui, que vous étiez à sa merci et que vous lui présentiez vos plombages et votre haleine plus ou moins fraîche. Peut-être Hermann n'avait-il pas assez bien évalué le potentiel érotique de la cavité buccale de sa femme. Peut-être.

Mais n'oubliez pas. Et j'aimerais que Hermann aussi ne l'oublie pas. Il a été cet enfant spécial : au-dessus de sa tête il y a eu un feu qui éclatait comme un cerceau, et un soulagement radieux vous aurait irradié si vous l'aviez regardé. C'était il y a longtemps au Mexique, certes. Mais c'était.

Et maintenant le voilà, en blouse blanche, assis à son établi, se préparant à enfin exercer ses talents, Il faut qu'il soit le plus réaliste possible, lui a dit le type au téléphone, il faut qu'on puisse s'y tromper, tout le monde sait qu'il ne reste plus un seul dodo à empailler sur cette terre, mon commanditaire y compris, mais c'est un vieillard excentrique. Un vieillard excentrique. Et fort riche. Et comme tous les vieillards excentriques et riches, il a des caprices.

CQFD.

Sauf qu'il a un petit doute tout de même, notre Hermann.

Parce que ce n'est pas rien d'être un ancien enfant voyant du Mexique, ce n'est pas rien d'avoir été ce garçon qui plongeait dans l'océan Pacifique afin d'aller chercher des pierres précieuses, ou ce que sa mère considérait comme des pierres précieuses. Et qui bravait les anguilles rouges et les murènes étoilées, toutes ces créatures plus ou moins venimeuses ou terrifiantes, afin que sa mère puisse aligner des cailloux miroitants sur les rebords de la fenêtre et les tables basses de sa cabane. Sa cabane qu'elle appelait son cabinet. Car sa mère était chamane. Ce qui avait été une fierté pour Hermann jusqu'à ce qu'il devienne le souffre-douleur des gamins du quartier qui n'appelaient plus sa mère que la folle – malgré le fait que leurs propres mère et grand-mère venaient la consulter en cas de disparition de l'aimé, de ventre sec, de ménopause mélancolique ou de règles douloureuses. Pas mal de choses ayant trait à la tuyauterie féminine, avait constaté Hermann quand il fut en âge de faire un point sur la situation.

Et là, présentement, Hermann voudrait juste quelque chose qui pourrait calmer le léger doute qu'il sent poindre. Quelque chose comme du jus de tomate dans un long courrier ou du jus d'orange avec des glaçons dans un train à grande vitesse (ils n'ont pas le même goût que lorsque vous êtes debout dans la cuisine). Il vient d'avoir l'assistant du vieux docteur Schmull, son commanditaire, qui lui a confirmé que celui-ci avait prévu un premier versement en liquide pour la semaine suivante. Et c'est cette somme qui le surprend – sert-elle simplement à récompenser son talent, ou l'assistant est-il une fripouille ? Et encore, si ce pauvre Hermann avait su celle que l'assistant avait réellement annoncée au Baron, il est évident qu'il n'aurait plus eu aucun doute sur la question. Cette histoire est une fantaisie, un scherzo, se dit Hermann en tentant de se convaincre du caractère innocent de la tractation. Certes le vieux docteur Schmull a accepté de payer la somme farfelue que Hermann a demandée (ou plutôt que l'assistant a suggérée). Mais n'est-il pas un *vieillard excentrique* et *riche* et donc *capricieux*. Alors soit Hermann rétropédale et passe pour un guignol, soit il fabrique pour ce vieux bonhomme l'objet de son désir et gagne plus d'argent sur ce coup qu'il n'en a jamais gagné – ce qui, toutes proportions gardées, leur permettra, à son fils Pablo et à lui-même, une ou deux frivolités.

Hermann est toujours songeur. Il a envie de fumer une cigarette mais il ne peut pas à cause de tous les produits inflammables autour de lui. Il s'enfile deux chewing-gums à la nicotine.

Il pense à Pablo, son fils, qui ne fait rien d'autre de ses journées que des dessins d'oiseaux, ses cahiers en sont remplis, des centaines de corbeaux griffonnés au stylo-bille. Quand vous regardez les enfants des autres, le vôtre vous semble toujours nerveux ou bizarre. Il pense alors à sa propre enfance. Lui-même était un garçon plutôt nerveux et bizarre, n'est-ce pas. Et le voilà qui se perd dans des divagations inopportunes.

Au Mexique, à l'époque où il s'appelait encore Hernán, il habitait avec sa mère et sa grand-mère près de la casse de Lázaro Cárdenas et le fracas était si violent et continu qu'il faisait mal aux dents. C'était comme une douleur qui tenait la note. Sa mère disait qu'elle ne l'entendait pas. Elle entendait *autre chose* et cet *autre chose* était bien plus fort et perturbant, disait-elle, que du métal qui éclate et se déchire. La grand-mère de Hernán avait tenu avec brio et autorité le kiosque de la plaza de las Rosas jusqu'à la naissance du petit, mais, la mère de Hernán étant happée par ses visions et par sa *patientèle* qui venait frapper à la porte du *cabinet* à n'importe quelle heure du jour et de la nuit, la grand-mère avait dû laisser le kiosque à une autre vieille pour s'occuper du petit à temps plein. La mère de Hernán avait d'ailleurs fini par dormir dans cet appentis qui jouxtait leur bicoque afin de pouvoir être *opérationnelle* à tout moment. (Tous les mots en italique sont de la mère de Hernán.)

Elle se devait à son ministère. Quand on a un don comme le mien, on n'a le droit ni de le mettre en sourdine ni de le monnayer, disait-elle. Ils vivaient dans une relative pauvreté, car si jamais aucun argent ne rentrait dans la bicoque, les offrandes multiples et variées, chaussures encore utilisables, postes de radio, quesadillas et tamales, bidons de lessive, pneus, fleurs et toutes sortes d'objets sans grâce et sans usage, leur permettaient de s'en sortir vaille que vaille. Sa mère avait toujours considéré que Hernán avait hérité de son don et il s'était laissé convaincre – on peut vous convaincre de n'importe quoi si on vous le répète chaque jour depuis votre naissance. Elle ajoutait qu'il avait un profil *numismatique* et qu'un jour on frapperait des pièces à son effigie. Quand il était tout petit, elle le promenait sur le bord de mer dans une vieille poussette qui grinçait comme s'il s'était agi du carrosse de l'empereur Maximilien. Elle le vêtait d'une robe blanche en dentelle brodée de volcans en éruption et de toucans, et elle paradait avec son rejeton sur le malecón. Hernán se souvient du bruit de l'océan et des palmiers morts tronçonnés à un mètre du sol, ressemblant à des arbres à chat pelés et effilochés. Sa mère lui disait, Tu es comme la face cachée de la Lune. Celle que personne sur notre planète n'a jamais vue. Tant que les gens ne la voient pas, ils auront du mal à croire qu'elle est couverte de palais et d'oasis. Mais moi je sais.

Évidemment, avec de pareilles histoires en tête, il s'était abstenu de jouer avec les gamins du quartier et avait préféré rester allongé sur sa paillasse dans une semi-obscurité, des couvertures occultant la fenêtre, à regarder des visages se dessiner sur le plafond – si on se concentre assez longtemps, si on a six ans et qu'on a bénéficié du conditionnement adéquat, les ombres se mettent sans faillir à s'animer. Il était promis à de grandes choses, et la grand-mère abondait. Il était le héros psychopompe de ces dames.

Ce qu'il aimait faire, Hernán, c'était réparer les gadgets mécaniques. Sa grand-mère lui apportait des lampes qui ne s'allumaient plus, des jouets inertes, des montres qui prenaient du retard, toute chose qu'elle récupérait à droite à gauche. Ce n'était pas tant un commerce qu'une manière de distraire le petit. Lui il ouvrait méticuleusement les objets et auscultait leurs entrailles. Il aimait plus que tout les horloges arrêtées, leurs engrenages et leurs arbres, leurs délicats rouages.

Mais l'arrivée de la vieille De la Fuera dans leur vie mit fin à cette paisible configuration.

Un jour particulièrement chaud d'un hiver particulièrement chaud, celle-ci vint en voiture au cabinet de la mère de Hernán. Son chauffeur noir resta le temps de la consultation garé devant la bicoque avec tous les mômes du quartier qui tournaient autour en tentant d'attirer son attention et en le suppliant de les emmener faire un tour dans la Bentley, cependant que, lui, le chauffeur noir, faisait semblant de ne pas les voir, occupé derrière le volant à écouter la radio et à lire le journal. La vieille De la Fuera, venue consulter la chamane dont on lui avait tellement vanté les mérites, fut bouleversée de ce que celle-ci lui dit de son petit-fils qui était très malade. La mère de Hernán devina en effet beaucoup sur cet enfant qu'elle n'avait jamais vu – son régime alimentaire extravagant (il ne mangeait que du chocolat et des fruits), l'accident de voiture auquel il avait réchappé quand il était petit, le vrai nom de sa maladie (et non le diagnostic des médecins de Mexico).

La vieille De la Fuera revint trois jours plus tard (et le même ballet de moineaux se déroula autour de la rutilante auto), mais cette fois-ci elle était accompagnée de son petit-fils qui eut droit à une séance chamanique de premier ordre avec chants, transe, ayahuasca et datura. Le gamin repartit et guérit de son mystérieux mal en quelques semaines. La vieille De la Fuera vint une troisième fois pour rendre grâce à la mère de Hernán. Et voulut récompenser un tel miracle. La chamane se recueillit un bref instant puis demanda que son fils, son si précieux Hernán, pût partir en pension à Mexico. Elle pensait sans doute qu'être coincé près de la casse de Lázaro Cárdenas ne lui permettrait en aucun cas de déployer ses talents à leur juste mesure.

La grand-mère de Hernán quand elle apprit cette décision – la requête avait été acceptée – poussa des cris de caracara et sanglota pendant plusieurs jours.

Hernán fut aussi désespéré que sa grand-mère, il avait douze ans et il se voyait bien rester pour toujours dans la bicoque et reprendre l'officine de sa mère en y mêlant, d'une manière ou d'une autre, sa passion horlogère, il avait même imaginé que, quand il serait adulte, il ferait transporter la baraque sur un camion jusqu'à un endroit plus calme de Lázaro Cárdenas, loin de la casse et de son épouvantable fracas, mais jamais, grands dieux jamais, il n'avait imaginé foutre les pieds à Mexico ou nulle part ailleurs.

Cependant la mère de Hernán ne voulut rien entendre. Et le gamin dut quitter les deux femmes qu'il aimait, pour une pension française dans le centre de Mexico. Hernán crut mourir de froid et de tristesse mais il survécut à ces deux maux, et cahin-caha passa quatre années là-bas, ne retournant que pendant les grandes vacances à Lázaro Cárdenas voir sa mère et sa grand-mère qui l'accueillaient comme le messie, lui dans son uniforme bleu marine de Notre-Dame de la Charité, un peu perdu, il n'était plus d'ici et jamais ne serait de là-bas. Je pourrais détailler ces quatre années et la lente métamorphose de notre Hernán, mais cela nous entraînerait trop loin. Ce qu'il faut savoir, c'est que pour ses seize ans la vieille De la Fuera l'envoya en France – on ne sait si l'idée vint d'elle, férue qu'elle était de littérature classique et s'imaginant que n'importe quel jeune homme ne pouvait rêver que d'être un Wilhelm Meister, ou si la mère de Hernán le lui demanda comme une dernière faveur afin que son fils ait une chance d'échapper à la terreur mexicaine.

En tout état de cause, Hernán débarqua à Paris et de fil en aiguille ses tendances solitaires, animistes et méticuleuses l'amenèrent à se passionner pour la taxidermie. Il troqua alors officiellement son prénom de Hernán contre celui de Hermann – les gens qu'il croisait qui ne connaissaient pas l'existence du prénom Hernán et qui avaient encore tendance à valoriser la rigueur teutonne (tout comme mon amie chinoise me dit toujours que son nom lui ouvre les portes de n'importe quel service d'ingénierie informatique, les humains sont accablants, je ne vous le fais pas dire) l'avaient eux-mêmes baptisé Hermann ; il avait très vite arrêté de les corriger, les autorisant à lui inventer une vague ascendance autrichienne. Ainsi le souvenir de la bicoque de Lázaro Cárdenas et la nostalgie qu'elle faisait naître en lui le laissèrent-ils de plus en plus en paix.

Sauf dans les moments d'expectative comme celui où se trouve notre Hermann ce soir d'octobre dans l'atelier de la galerie Peffingen. Alors il tape deux fois des mains, prend une grande inspiration, Au boulot, dit-il tout haut, et il se met au travail parce que c'est ce qu'il a toujours fait de mieux, et même s'il a une vague prémonition, car il n'a pas perdu toutes ses capacités d'ancien enfant voyant, il balaie ses doutes et pense, en s'attelant à la fabrication de la structure en bois de la bestiole qu'on lui a commandée, à ce qu'ils feront son fils Pablo et lui avec l'argent qu'il va gagner. La chance va tourner, se dit-il. Elle finit toujours par tourner. Il se dit qu'il aimerait que son fils se souvienne de lui comme d'un homme au sommet de sa puissance créatrice. Alors il fabrique de toutes pièces son dodo parfait, il sélectionne les plus belles plumes de casoar, lui sculpte un bec dans une corne de buffle, et le gratifie de deux pattes d'émeu.

L'ensemble s'avère si saisissant qu'il ne peut s'empêcher d'y ajouter un mécanisme. De manière aléatoire le bec de la chimère s'ouvrira en émettant un coassement. C'est la petite touche personnelle de Hermann. De toute manière il n'est pas en train de fabriquer une contrefaçon. Tout le monde sait qu'il ne reste plus aucun dodo empaillé sur cette terre, n'est-ce pas. Son dodo ne va pas atterrir dans un musée mais chez un vieux bonhomme excentrique. Donc il peut se laisser aller à une fantaisie supplémentaire.

Mais le cri de la chimère, Hermann aurait été bien déçu, ne retentirait qu'une seule fois, car cela faisait longtemps qu'il n'avait pas exercé ses talents horlogers. Il retentirait une seule fois la nuit suivant la livraison du si parfait animal empaillé, avant de s'enrayer définitivement. Ce serait une nuit de lune pleine dans la maison du docteur Schmull. Et il surprendrait tant le docteur Schmull, ce cri éraillé d'un dodo mort quatre siècles plus tôt, que son vieux cœur n'y résisterait pas.

Vous pouvez être un ancien enfant voyant mexicain et ne rien voir venir. Il n'y a pas de secret, cher Hernán, quand on se sert trop peu souvent de ses talents (horlogers ou voyants ou quels qu'ils soient), ils ne peuvent que finir par s'émousser.

La montée des eaux

Zélie n'aime pas que sa mère fume dans la voiture. Ça lui donne envie de vomir. Mais elle n'ose pas faire de remarques. Le bébé dort à côté d'elle. Et sa mère lui dit toujours, afin de prévenir la moindre objection, Moi je fume la fenêtre ouverte, quand on était mômes tous les adultes fumaient en voiture les fenêtres fermées et regarde on n'est pas morts.

Mais eux si, pense toujours Zélie.

Ce qu'elle voudrait, Zélie, quand sa mère est prise de l'une de ses humeurs intéressantes, c'est aller vivre toute seule chez sa grand-mère Dora. Tant pis pour sa mère. Tant pis pour le bébé. Même si maintenant que le bébé a grandi Zélie aurait sans doute plus de mal à se passer de lui. Dora tient un magasin d'antiquités. C'est ce qu'il y a d'écrit sur la vitrine en lettres dorées. La mère de Zélie, quant à elle, appelle cette boutique en fronçant le nez la « broc à ta grand-mère ». Zélie adore cet endroit – il y a des miroirs, des foulards, des bijoux, des sautoirs emmêlés et des boucles d'oreilles célibataires, des coussins dorés, des breloques, des porte-bonheurs en veux-tu en voilà, des lampes en dentelle, des portants croulant sous les fanfreluches. C'est un endroit idéal pour les petites filles et les très vieilles dames.

Afin de calmer l'enthousiasme de Zélie, sa mère précise en général, Les robes que tu vois là sont des robes de femmes mortes, c'est pour ça qu'elles se retrouvent dans la boutique de ta grand-mère.

Dans la voiture, la mère de Zélie fume et pleure en même temps.

Zélie n'a pas envie d'aller à cet anniversaire. Mais sa mère tient à ce qu'elle y aille. Pour une fois celle-ci a acheté un vrai cadeau. Il est arrivé que, n'ayant rien sous la main, elle dote Zélie d'un paquet de bonbons déjà entamé, et roule ma poule. Zélie a fait un apprentissage de la honte fort précoce. Elle sait que si elle est encore invitée aux anniversaires de certains de ses camarades, c'est que leurs mères ont un peu pitié d'elle. Elle imagine les négociations dont elle fait l'objet – Invite la petite Zélie, sa vie n'est pas facile, et, oui, c'est d'accord, je te promets qu'on fera une piñata.

La mère de Zélie a passé la matinée au téléphone. Elle a d'abord appelé le père du bébé – qui n'est pas le père de Zélie. Le père de Zélie a été le Grand Amour de sa mère et ça c'est une chance merveilleuse d'être née d'un Grand Amour, c'est ce que sa mère lui dit parfois le soir en lui caressant les cheveux après s'être servi un cocktail avec une tranche de citron vert qui nageote au fond du verre. Zélie aime bien quand sa mère boit un cocktail le soir, c'est comme si elle déposait les armes, elle s'adoucit et câline Zélie et le bébé. Le craquement des glaçons dans le verre apaise Zélie, ce son dit que la soirée va être douillette. Son père est mort quand elle avait un an. Il a fait une crise cardiaque alors qu'il courait dans le parc à côté de la maison, montant et descendant les escaliers qui grimpent jusqu'au belvédère. Il s'entraînait pour le marathon. Il ne faut plus jamais que la mère de Zélie entende quelqu'un parler des bienfaits sur la santé de la course à pied ou de toute forme de sport d'endurance.

Ce matin donc, la mère de Zélie a appelé le père du bébé et s'est, comme d'habitude, engueulée avec lui – ce qui finit systématiquement par la faire pleurer de rage ou de dépit mais pas de tristesse. C'est ce qu'elle dit à Zélie qui souvent s'inquiète et voudrait la consoler. Ne te tracasse pas, dit-elle, je ne suis pas triste, je suis en colère. Zélie aimerait qu'elle cesse de téléphoner à cet homme. Particulièrement le samedi matin quand tout un week-end se profile. Après ce malheureux coup de fil, la mère de Zélie a appelé sa propre mère, la vieille Dora, avec laquelle elle s'est aussi engueulée, puis elle a tenté de joindre sa meilleure amie, sans doute pour lui faire un rapport circonstancié de ses engueulades avec le père du bébé et avec Dora, mais celle-ci n'était pas disponible. La mère de Zélie a laissé plusieurs messages fleuves, rappelant et rappelant encore quand le répondeur de son amie saturait. Elle arpentait l'appartement, chaussée d'escarpins, marchant sur la pointe des pieds. Elle marche souvent sur la pointe des pieds, peut-être pour ne pas déranger les voisins ou peut-être parce que ses talons sont trop précieux. Elle a fini par s'arrêter et elle a fixé Zélie qui était assise immobile sur le canapé en attendant que le calme se réinstalle, si toutefois c'est possible quand la journée a aussi mal commencé. Lorsqu'on la regarde, tout ce qui est inconscient et réflexe chez Zélie (comme respirer, cligner des yeux, boire un verre d'eau ou manger) devient atrocement conscient et laborieux. Elle se pétrifie.

Ça a le don d'agacer sa mère. Ou de la décourager.

Arrête avec cet air terrorisé, mon lapin.

Zélie est toujours aux aguets.

Elle a un sommeil de vigie, chose étrange pour son si jeune âge, rien à voir avec le sommeil abyssal et moite des enfants. Elle veille sur le bébé et sur sa mère. Elle dit « le bébé » et sa mère la reprend, Ton petit frère n'est plus un bébé. Mais pour Zélie, tant que l'on compte votre âge en mois (le petit frère en est à 20), on est un bébé. Elle était elle-même un bébé quand son père est mort.

Zélie regarde par la vitre de la voiture. La banlieue s'étend, morne, comme seuls peuvent l'être les lieux dotés d'entrepôts en préfabriqué, de bâtiments d'import-export ornés de grands idéogrammes chinois, de terrains vagues, et d'un canal plein de caddies et d'armes blanches. Zélie déteste les abords du canal. Elle connaît cet endroit. Elle y est allée faire du vélo avec le centre aéré. Il y a une piste cyclable, des jeux pour enfants et des pelouses où pique-niquer. Tout cela est en théorie merveilleux mais épouvantable en pratique. Comme le communisme, dirait la vieille Dora. Zélie n'aime pas le centre aéré. Vous allez penser que Zélie n'aime pas grand-chose. Vous aurez en partie raison. Mais c'est qu'elle est accablée d'une lucidité si encombrante qu'elle a du mal à se tenir droite – Scoliose et cyphose, dit le docteur Paurette quand il la voit une fois par an. Les pelouses où pique-niquer sont remplies d'aoûtats et de bouts de verre. Alors Zélie s'assoit toujours à l'écart sur deux morceaux de sopalin pour manger le casse-croûte au beurre salé qu'elle s'est préparé elle-même.

Le canal passe sous les ponts de chemin de fer. Il est si haut cet hiver que son niveau a atteint les berges. La route est ponctuée de cônes rouge et blanc parce que, à certains endroits, le canal a débordé sur la chaussée. En roulant, les voitures provoquent de grandes gerbes d'eau boueuse qui éloignent les passants et les font gueuler après les automobilistes. Ce qu'elle aimerait, Zélie, c'est un ruisselet presque invisible, la source d'un fleuve tumultueux, quand on peut encore le franchir d'une enjambée. Tous les fleuves tumultueux ont un ruisselet pour origine, lui a dit sa grand-mère Dora. Et tu peux les franchir d'une enjambée. Rien à voir avec l'eau jaune et mortifère et envahissante du canal. La Terre est un gâteau recouvert d'un glaçage en bitume, se dit Zélie. Comment la planète peut-elle encore respirer là-dessous ?

Zélie ouvre un tout petit peu sa fenêtre. Dehors ça sent les gaz d'échappement et la moquette humide. Elle remonte sa vitre et se penche vers le bébé. Lui, il sent le sous-bois, la transpiration, le lait caillé et la crème de soin à la noix de coco.

L'anniversaire où elle se rend est celui d'une fille de sa classe. Les parents de celle-ci l'ont inscrite dans une école intra-muros. Ils n'avaient pas confiance dans les écoles de leur quartier. C'est sans doute pour cela que Zélie a été invitée. Elle est l'invitée-roue-de-secours. Les parents des autres élèves de sa classe n'avaient peut-être pas envie d'accompagner leur enfant un samedi après-midi dans un endroit aussi moche. Et une fête d'anniversaire avec moins de trois enfants est une fête assez ratée. Zélie se demande à quoi ressemblerait un endroit cent pour cent parfait. Ce qui lui vient en tête c'est une forêt ou plutôt une clairière dans une forêt. Ou alors la boutique de sa grand-mère.

Sa mère continue de pleurer et de fumer.

Zélie aimerait savoir ce qu'il y a dans le paquet-cadeau, mais ça paraît délicat d'interrompre sa mère dans l'exercice de son grand chagrin rageur. C'est gênant de ne pas avoir choisi soi-même le cadeau quand on va à une fête d'anniversaire, on le découvre en même temps que son destinataire, on espère que le contenu du paquet n'est ni bizarre (un attrape-rêves démantibulé) ni décevant (un magazine de sudokus).

Pour couronner le tout il se met à pleuvoir. Le couinement des essuie-glaces rend Zélie anxieuse. Ils ont l'air de peiner et d'être prêts à abdiquer face aux trombes d'eau. Elle n'aime pas quand il pleut. Ça lui évoque la laine mouillée, les rendez-vous chez l'orthodontiste, la cour d'école un jeudi d'octobre (elle a remarqué qu'il pleut plus souvent certains jours de la semaine), l'odeur des marrons pourrissant au fond d'un sac plastique, les ruisseaux sur le sol dans le métro à cause des parapluies posés par terre, et les notices nécrologiques du journal que lui lit sa grand-mère Dora quand elle trouve que les défunts ont des noms particulièrement alambiqués. Elle n'a pas du tout envie d'aller à l'anniversaire de cette fille, elle préférerait encore rester avec sa mère et le bébé dans la voiture, malgré le bruit des essuie-glaces, histoire de garder la situation sous contrôle.

Je dois vraiment aller à l'anniversaire d'Olympe ? demande Zélie.

Sa mère renifle et la fait répéter, elle n'a pas entendu.

Alors Zélie répète sa question, et en la répétant, sa question lui apparaît comme une dépouille vide de sens. Un peu comme les blagues qui ont raté leur objectif et qu'on tente d'expliciter.

Au lieu de lui répondre, sa mère dit, en secouant la tête et en faisant de sa main droite un geste qui englobe le paysage :

Elle s'appelle Olympe et elle vit ici.

Elle a déjà fait remarquer à plusieurs reprises qu'elle trouvait ridicule ce prénom. Elle n'a pas l'air de s'en remettre. Zélie se dit que son propre prénom n'est pas beaucoup mieux. Elle aurait préféré s'appeler Emma comme tout le monde.

Ces banlieues, quand j'étais petite, on y organisait des concours d'orthographe dans la rue et on regardait passer les majorettes, maintenant on y évite les tirs de mortier, dit sa mère.

Zélie retient son souffle comme à chaque fois que sa mère utilise le « quand j'étais petite ».

Sa mère engage la voiture dans une rue étroite, se penche en avant au-dessus du volant, regarde l'une des bicoques avec jardinet, et dit, Je crois que c'est ici. En effet il y a des ballons jaunes et bleus qui pendouillent sous la pluie à la grille.

Zélie a envie d'y aller comme de s'enfoncer un tournevis dans l'œil. Elle prend la main du bébé et la serre doucement, elle lui déplie les doigts et embrasse sa petite paume humide, celui-ci se réveille, il se réveille toujours quand la voiture s'arrête, ce qui fait que la mère de Zélie conduit quasiment jusqu'à la panne d'essence sur l'autoroute pour éviter qu'il commence à chouiner.

Zélie sort de la voiture, sa mère ouvre la portière et détache le bébé, le cale sur sa hanche et le protège de la pluie avec un prospectus publicitaire qui traînait sur la banquette.

Tu prends le bébé ? s'étonne Zélie.

La voiture est garée juste devant la grille. C'eût été plus raisonnable de le laisser à l'abri.

J'ai une course à faire, répond sa mère, je ne peux pas l'emmener avec moi, je vais demander à la mère d'Olympe si elle peut le garder une heure.

Cette phrase n'a aucun sens, pense Zélie. Mais elle suit sa mère. Peu d'autres options se présentent à elle. Sa mère sonne à la grille, Zélie se met en retrait, comme à chaque fois que les situations deviennent trop pesantes. Elle n'entend pas sa mère parler à la mère d'Olympe parce qu'elle est en train de *bourdonner*. C'est un petit bruit qu'elle produit avec son arrière-gorge qui lui permet de s'isoler. C'est très commode. Lorsqu'elle la surprend à bourdonner, sa grand-mère lui dit qu'elle ronronne et la caresse derrière les oreilles comme si elle était un chat.

Ça a marché, sa mère a su être convaincante, le bébé est maintenant dans les bras de la mère d'Olympe. Deux petites filles, dont Olympe, ont mis le nez dehors sur le perron pour voir qui avait sonné mais elles sont reparties aussitôt en s'apercevant que c'était Zélie.

Sa mère l'embrasse, À tout à l'heure, dit-elle, elle grimpe dans la voiture et démarre.

La mère d'Olympe, chevelure luxuriante et minceur extrême des personnes qui s'affament, dit quelque chose de normal comme, Allez vite, rentrons, on va être trempés. Zélie se rend compte que sa propre mère a oublié de donner le cadeau – mais, à n'en pas douter, elle dira à Zélie, Tu aurais pu y penser toi aussi. Même si c'est difficile de penser à quelque chose d'aussi flou qu'un objet inconnu dans un papier kraft bleu. Alors Zélie dit à la mère d'Olympe, Je crois que maman a oublié le cadeau dans la voiture. Celle-ci esquisse un geste comme si ce n'était qu'un détail ou quelque chose qui arrive tout le temps à tout le monde :

Ne t'inquiète pas. Elle le donnera quand elle reviendra vous chercher. Et puis Olympe est déjà atrocement gâtée.

Zélie ne voit pas le rapport mais n'insiste pas.

Il y a déjà quelques fillettes dans la maison, une demi-douzaine à vue de nez, mais Zélie n'en connaît qu'une en plus d'Olympe. Les autres sont des cousines ou des voisines comme d'habitude. La mère d'Olympe propose à Zélie du jus d'orange, elle lui dit de poser son manteau avec les autres sur le meuble de l'entrée et de retirer ses chaussures. Elle dit, Va t'amuser. Puis elle se dirige vers la cuisine avec le bébé sur la hanche, il y a des voix de femmes là-bas, il doit y avoir d'autres mères très maigres qui boivent du café debout adossées à l'évier et qui disent du mal de leur ex-mari en riant, avec cette façon de se moquer d'elles-mêmes et de leurs mauvais choix pour ne pas avoir l'air de se plaindre – ce qui n'empêche que les autres femmes s'exclament, Oh ma pauvre, et renchérissent sur leurs propres affres d'ex- (ou actuelle) épouse. Elles pourraient ressembler à la mère de Zélie. Mais la mère de Zélie déteste passer du temps avec ce genre de femmes. Elle aime mieux lire, fumer avec sa meilleure amie en buvant du vin blanc bon marché, ou regarder des séries policières avec le bébé et Zélie. La mère de Zélie dit souvent d'elle-même, Je dois être sociopathe. Zélie ne sait évidemment pas ce que cela signifie. Quand elle a demandé des éclaircissements, sa mère lui a répondu, afin d'illustrer la chose, Tu vois, à ton âge, plutôt que d'aller en récré je préférais rester dans la classe pour ranger les petites lettres en plomb de la presse avec laquelle nous imprimions le journal de l'école.

À tout prendre, Zélie préférerait elle aussi ce type d'activité plutôt que de trouver avec qui galoper dans la cour de marronnier en marronnier deux récrés par jour. Encore un truc que sa mère a dû lui transmettre, en plus de la myopie et des dents du bonheur.

Zélie entend les femmes s'extasier et roucouler quand le bébé leur est présenté.

Elle va s'asseoir sur le canapé et prend une BD qui traîne. Mieux vaut avoir l'air occupée. Cet anniversaire va être interminable. Deux fillettes passent dans le salon en courant. Elles maintiennent de grands foulards autour de leur cou, les laissant voler derrière elles, et elles regardent pardessus leur épaule en espérant qu'ils voleront à l'horizontale comme des capes de superhéros. Zélie est un peu surprise. Elle n'oserait jamais faire quelque chose d'aussi puéril devant tout le monde. Olympe, qui ne s'abaisse pas à ce genre de jeu, met de la musique et commence à sautiller sur place en tenant les mains d'une fille que Zélie ne connaît pas. Zélie les observe puis se lève, va à la cuisine récupérer son petit frère. Le bébé est très beau. Il a des yeux immenses et d'un bleu électrique. Et il sourit beaucoup. Là il a encore un air doucement ensommeillé, ce qui ne fait qu'ajouter à son charme. Quand il voit Zélie arriver, il babille (il répète célicélicéli) et tend ses mains vers elle. Les mères les regardent, attendries. Zélie prend le bébé dans ses bras même s'il est trop lourd et qu'il sait marcher depuis pas mal de temps, et retourne dans le salon. Elle le pose sur la moquette et il se met immédiatement à danser. Les filles arrêtent de se poursuivre, s'approchent et cherchent à le cajoler.

C'est ton petit frère ? demande la fille que connaît Zélie (elle est dans la même classe que Zélie et Olympe, elle s'appelle Fabiola Fanciola, ce qui est tout de même assez raté, mais elle ne s'en formalise pas, elle n'a jusque-là jamais adressé la parole à Zélie, elle est petite pour son âge, elle ne porte pas de cartable ni de sac à dos pour aller à l'école, mais une sorte de besace qui fait très fourre-tout de dame, c'est le genre de fille qui peut tourner à son avantage toutes les petites injustices de la nature comme, par exemple, une complexion atypique ou des parents fantaisistes).

Oui, répond Zélie pendant que son petit frère continue de tourbillonner.

Il est trop chou ou il est trop mimi, ou il est trop n'importe quoi, disent les filles. Elles s'extasient et s'aiment en train de s'extasier.

J'en veux un comme ça, dit l'une.

On ne sait pas si elle parle d'un petit frère ou si elle s'imagine déjà mère. Zélie demande alors :

Si tu avais deux enfants à sauver lors d'un incendie et qu'ils étaient dans la même chambre, tu commencerais par lequel ? Le plus jeune ? Ou le plus beau ?

Malgré la magie du bébé qui danse, sa question jette un léger froid.

T'es trop bizarre, dit Olympe.

Je sais, dit Zélie.

Elle arrive tout de même à se mêler aux filles qui continuent de s'amuser avec son petit frère. Il devient la mascotte de l'anniversaire, elles lui mettent des paillettes sur le visage et lui appliquent du vernis à ongles de toutes les couleurs, ce qui enchante le bébé, elles le soulèvent à tour de rôle, le chatouillent, lui attachent aux poignets des ballons gonflés à l'hélium, le bébé joue parfaitement son rôle de grosse poupée riante, l'une des fillettes qui a un petit frère elle aussi (mais lui il est resté à la maison) a un air d'autorité, elle dit, Moi je sais m'en servir, et elle le prend par la main, lui parle avec une toute petite voix de dessin animé et l'empêche d'attraper des bonbons qui pourraient l'étouffer. Puis elles finissent par se lasser. De toute façon c'est l'heure des cadeaux et du gâteau.

Pendant que les fillettes s'attroupent côté salon, Zélie s'assoit sous la grande table avec son petit frère. Ils sont protégés par la nappe. La table a été repoussée dans un angle de la pièce pour permettre la circulation des gamines. Le bébé est très calme, il se barbouille de biscuits et il sent le pipi. C'est extrêmement réconfortant. Zélie s'adosse au mur, place le bébé entre ses jambes et lui chantonne à l'oreille la comptine de la marelle, elle le berce et se berce elle-même avec un léger mouvement d'avant en arrière comme elle le fait souvent. Tant et si bien qu'ils s'endorment tous les deux.

Elle est réveillée par une voix de femme qui crie, Ils sont là.

Elle ouvre les yeux, désorientée, le bébé se réveille lui aussi, elle ne sait plus où ils se trouvent, la femme est accroupie, elle a soulevé la nappe, Zélie se souvient alors, Olympe, anniversaire, bébé qui danse, cabanon sous la table. La femme dit, Sortez de là, mais elle ne le dit pas avec agacement, elle le dit avec soulagement, elle lui tend même la main. L'atmosphère a totalement changé. D'une part le niveau sonore a considérablement baissé, et puis il y a autre chose, c'est indéfinissable, c'est lié au bruit de la télévision peut-être et aussi au fait que deux femmes se parlent en murmurant. Zélie sort la première de sous la table, elle attrape le bébé, la mère d'Olympe arrive pour le prendre dans ses bras et les voilà de nouveau sur le canapé. Tout le monde est parti. Il ne reste qu'Olympe devant son dessin animé, assise sur un pouf, et qui n'accorde même pas un regard à Zélie – mais on le sait, ces machins-là sont hypnotiques. La mère d'Olympe s'agenouille devant Zélie et lui dit :

Il s'est passé quelque chose, c'est ta grand-mère qui va venir vous chercher, d'accord ?

Zélie se demande si elle doit donner son accord. À tout hasard, elle répond, Oui. Puis elle dit, Maman ne vient pas ?

Le visage de la mère d'Olympe se brouille, il y a beaucoup trop de choses qui défilent dans sa tête, on dirait un film en accéléré.

Zélie ajoute, Mamie ne sait pas conduire.

Cette remarque semble délivrer la mère d'Olympe. Voilà du facile, du concret, du pragmatique.

Elle va venir vous chercher en taxi, dit-elle.

Et c'est l'une des choses que gardera toujours en mémoire Zélie, le fait de prendre le taxi pour la première fois de sa vie, le jour de l'anniversaire d'Olympe, le jour des grandes intempéries, le jour où la voiture de sa mère a fini dans le canal, le jour où elle aurait pu perdre le bébé en plus de sa mère si celle-ci n'avait pas eu l'idée saugrenue de lui laisser son petit frère à l'anniversaire d'une fille qui ne l'aimait pas beaucoup, et elle pensera pendant des années, d'abord dans l'arrière-boutique de sa grand-mère Dora puis en tenant la main du petit frère certains soirs de tempête puis sur le divan de son spécialiste, elle pensera à l'eau triste et morte et au moment où la voiture dérape et plonge, au moment où sa mère se rend compte que la voiture dérape et plonge et qu'elle est elle-même soulagée infiniment de ne pas avoir avec elle le bébé et Zélie, Dieu soit loué, a-t-elle pu dire, ou alors Putain de merde, mais j'opte pour Dieu soit loué, parce qu'elle pense au bébé et à Zélie, il y avait trop d'eau ce jour-là, des pleurs et de la pluie, tout débordait, le cœur même de Zélie débordait, et la voiture s'est remplie d'eau à une vitesse qui ne permettait pas de réagir, surtout quand vous êtes à moitié assommée, et la voiture a coulé, Zélie réussira un jour à cesser de croire que sa pensée était si puissante que c'est elle qui a précipité la voiture dans le canal, sa pensée et son désir d'une clairière ou d'un endroit parfait comme la boutique de sa grand-mère Dora, elle réussira à ratiboiser ce genre de pensée magique et enfantine et dévorante, je lui fais confiance, et dans la voiture il y avait les babioles en plastique, le siège bébé, les courriers jamais ouverts et les vieilles cassettes éparpillées sur le sol côté passager, les canettes vides et les bâtons d'esquimaux abandonnés dans le vide-poches, et puis dans le coffre ce cadeau d'anniversaire inconnu emballé dans du kraft bleu, et le cœur de Zélie, pourquoi pas, ressemblera toujours à ce cadeau d'anniversaire inconnu emballé dans du kraft bleu, quelque chose de précieux et d'impénétrable, mais ni démantibulé ni décevant.

La reine du quartier

Jo et Lili avaient grandi dans le même quartier. Et ce quartier leur appartenait.

Elles en connaissaient tous les recoins, toutes les impasses, toutes les ruelles – il y avait la rue bleue, la rue rouge, la rue jaune... Leur couleur était liée au gravier utilisé pour le revêtement, sable ou ciment, oxyde de fer ou porphyre. Mais pour elles il s'agissait simplement d'une caractéristique pratique pour se donner rendez-vous. Rue rouge côté gare. Rue jaune côté Coco. Elles disposaient d'un grand nombre d'éléments pour quadriller leur quartier. Elles le connaissaient sans avoir jamais eu à mémoriser un seul nom de rue. Il y avait par exemple la rue de la famille blonde (ils n'étaient pas si nombreux dans le coin – à part Lili et sa mère), des Hollandais ou des mormons ou des gitans slovènes d'après la mère de

Jo. Il y avait l'allée où vivaient les siamoises, deux petites filles dont l'une n'avait qu'un seul avant-bras, en fait elles n'avaient jamais été siamoises, l'une était simplement née ainsi, pas de séparation chirurgicale à la naissance, elles étaient seulement deux jumelles pas tout à fait semblables. Il y avait aussi dans cette allée la maison verte de la vieille dame à qui on avait volé ses bijoux une nuit, dans sa chambre, alors qu'elle dormait ; les malfaiteurs avaient en réalité fouillé chaque parcelle de sa chambre de vieille dame pas riche, ils étaient repartis avec une montre à quartz et une bouteille de rhum, Et que serait-il arrivé si la vieille dame s'était réveillée ? demandait la mère de Jo avec cet air dramatique qu'elle savait afficher grâce à son sens atavique du funeste – elle était d'origine grecque. Il y avait la maison grise des Libanais à moitié terminée avec la BMW garée devant – Rutilance des automobiles *vs* délabrement des maisons, disait la mère de Jo d'un air entendu –, il y avait la maison des Portugais au milieu du terrain en friche avec son arbre chétif en plein centre et sa petite fontaine en ciment que les filles trouvaient merveilleuse quand elles avaient quatre ans et ridicule quand elles en eurent quatorze, il y avait la maison de la vieille Coco qui était si grosse qu'elle ne sortait plus de son lit – on avait fini par l'extraire de chez elle avec un palan, ce qui avait été un spectacle captivant pour tout le voisinage –, il y avait le couple qui avait adopté une petite fille trisomique, c'était resté longtemps le Sujet pour tout le quartier, étaient-ils généreux, ultra-catholiques ou voulaient-ils simplement brandir aux yeux du reste du monde leur supériorité morale ?, il y avait la famille algérienne dans la toute petite maison aux volets bleus, la mère de Jo disait « les Maghrébins » en baissant la voix comme si ce mot avait pu les vexer, on connaissait l'origine de chacun en remontant de deux ou trois générations, mais on faisait parfois semblant que non, il y avait la maison des cinq garçons qui demandaient une réévaluation régulière (lequel était le plus beau, lequel avait l'air le plus sympa), et puis il y avait la maison du garçon qui jouait de la batterie dans le garage de ses parents en laissant la porte coulissante grande ouverte, et ce garçon était prodigieusement sexy comme les garçons peuvent l'être quand ils ont dix-huit ans pour des filles de quatorze ans qui se donnent le bras et passent et repassent devant une grille, les filles qui savent arpenter les trottoirs en chuchotant, en gloussant, en riant, et leurs secrets sont merveilleux, leurs désirs sont merveilleux et tragiques, elles sont à l'orée de quelque chose, et elles sont les premières à se frayer un passage dans l'étroit défilé qui s'ouvre devant elles.

Jo et Lili étaient les petites reines du quartier. Surtout Lili.

Elles habitaient des maisons voisines et elles étaient nées à quelques mois d'intervalle, Lili en mai, Jo en septembre. Dès le départ, la mère de Lili avait donné les habits de Lili à la mère de Jo. Cette situation perdura toute leur enfance : Lili était grande pour son âge alors que Jo peinait à s'inscrire dans les courbes de croissance. La mère de Lili sonnait régulièrement à la porte de chez Jo et disait en tendant son sac de vêtements, Je préfère les donner à quelqu'un que je connais. Et elle souriait en ajoutant, Si vous n'en voulez pas, vous les jetez.

Les mères des filles se vouvoyaient et ne s'appelaient jamais que madame Donikies pour l'une et madame Volanges pour l'autre. La mère de Lili (madame Volanges) ne travaillait pas et celle de Jo (madame Donikies) pas officiellement – elle rédigeait les devis et les factures de son mari qui avait une petite entreprise de bâtiment. Jo les entendait le samedi après-midi faire les comptes. Ils s'enfermaient dans le salon. Son père faisait les cent pas en relisant tout haut les notes qu'il avait prises sur les chantiers, et sa mère, assise à la grande table, armée de sa calculette, ses tarifs et son papier carbone, s'appliquait à endosser les rôles de secrétaire de direction et de comptable.

Chez Lili, le père ne voulait pas que la mère travaille. Il lui demandait parfois de dessiner des bijoux – il était bijoutier-joaillier en ville et elle avait un bon coup de crayon. Quand il l'avait rencontrée, elle était vendeuse dans un magasin de chaussures, mais il ne supportait pas qu'elle se fasse belle tous les jours pour d'autres que lui. Il préférait la garder à la maison. C'était du moins la théorie de Lili.

Bijoutier-joaillier, c'était un joli métier à écrire sur les petites fiches à la rentrée des classes. Mais la mère de Jo disait à sa fille en parlant du père de Lili, C'est juste un commerçant, ne nous emballons pas, c'est comme un charcutier-traiteur.

La mère de Lili avait une vague ascendance allemande. Elle était grande et blonde et fort bien découplée (oh ces termes délicieux qui s'appliquent aux femmes et aux juments), alors que la mère de Jo était petite, sèche et brune comme un pruneau. Celle-ci disait régulièrement, et on ne savait pas si elle plaisantait ou si elle en était vraiment convaincue, que les petites femmes résistaient mieux en temps de disette. Un jour la mère de Lili, qui effectuait tous ses trajets à vélo sans porter de casque, avait dit qu'être blonde l'empêchait d'être renversée. D'après elle, les automobilistes la remarquaient. Inutile de porter un casque. Il suffisait de laisser sa longue chevelure voler au vent. Il faut croire qu'il y a d'abord les moches qui meurent, puis les brunes et enfin les grandes et belles blondes, avait dit la mère de Jo. Et elle avait embrayé sur son hypothèse concernant la survie des petites femmes en cas de disette : moins besoin d'énergie pour alimenter la machinerie, économie de carburant, et pérennité assurée.

À tout prendre Jo aurait quand même préféré être une grande blonde. Quitte à le payer cher en cas de famine.

Quant à Lili, elle avait toujours, et dès son plus jeune âge, été à la fois extrêmement jolie et pleine d'assurance – mais une assurance candide, naturelle, qui ajoutait encore à son charme. Il y a quelque chose de mystérieux dans l'éclat d'une créature. Cela ne tient pas à la combinaison d'éléments parfaitement équilibrés – on aurait là une sorte de beauté mathématique – mais plutôt à un assemblage qui peut frôler la discordance sans y tomber jamais. Pommettes trop hautes, sourcils trop fournis, lèvres trop charnues. Cette accumulation de « trop » confère un charisme insaisissable à celui ou celle qui en est pourvu. La beauté continue d'apparaître comme une faveur du ciel. C'est la grâce involontaire, si injuste, si inéquitablement partagée qui fascine. Pourquoi elle et pas moi ? Comment des générations de gens plus ou moins quelconques peuvent-elles dans le chaos génétique des possibles produire cette incontestable splendeur ? En grandissant Lili était devenue d'une beauté si saisissante que tout le monde avait envie de la photographier. Même la mère de Jo, malgré ses réserves concernant les grandes blondes, la prenait en photo dans la courette derrière la maison quand Lili allongeait ses longues jambes au soleil les dimanches de juin. Il fallait capturer une image de Lili. Jo ne pouvait pas être jalouse de la beauté de son amie. Car c'était comme quelque chose de contagieux. Elle était heureuse de se promener aux côtés de Lili et de surprendre les regards qui se tournaient vers elle. Parce que c'était avec elle que Lili se promenait et avec personne d'autre.

Jo avait toujours aimé aller chez Lili. Voir sa propre maison depuis le jardin de son amie lui donnait un sentiment d'étrangeté qui la ravissait. C'était comme de surprendre son reflet dans un miroir et de ne pas se reconnaître. Tenter de deviner à quoi on ressemblerait et quel effet on produirait si l'on n'était pas soi. Petite fille, elle pouvait rester longtemps debout à la fenêtre de la chambre de Lili à contempler sa propre maison. Tu fais quoi ? demandait Lili. Je regarde, répondait Jo.

Il semblait à Jo qu'elles avaient toujours été ensemble. Exclusivement ensemble. Lili était comme un coquillage parfait, elle était le bien le plus précieux de son amie. Jo avait un grand frère qui ne s'était jamais intéressé à elle, qui passait son temps au foot et qui l'appelait « minus ». Quant à Lili elle était fille unique – une singularité dans le quartier. N'avoir qu'un enfant, c'était un truc de riche. Ou de femme qui préserve son corps plutôt que de le vouer à sa progéniture. En tout état de cause, et depuis toujours, Lili et Jo étaient inséparables. Lorsqu'elles étaient bébés, elles avaient trempé tous les étés dans des cuvettes au jardin, plus tard elles avaient joué à la poupée ensemble, ramassé des escargots dans le potager de la mère de Jo pour en faire du karamanichnaille, découpé des magazines afin d'en tapisser les murs de leur chambre, assisté aux tournois de tennis à la télé avec la mère de Lili (celle-ci disait qu'elle avait été en passe de devenir une grande tenniswoman et s'extasiait en quasi-professionnelle sur un beau lob), elles avaient regardé les dessins animés du mercredi en partageant avec précision des Treets (si le nombre de bonbons au chocolat était impair dans le paquet, elles séparaient le dernier en deux), elles avaient fait des canulars au téléphone en gloussant et pris allemand première langue au collège.

Lili n'avait pas eu d'autre possibilité que de choisir allemand première langue, rapport à l'ascendance de sa mère, et Jo avait fait comme Lili pour être dans sa classe. À l'arrivée c'est Jo qui avait adoré l'allemand – contrairement à Lili. Elle avait découvert un monde d'émotions subtiles et complexes dont seules les constructions germaniques tentaient de rendre compte. Elle n'avait jamais vraiment cru à la joie ni au regret ni à la tristesse. Pas à des sentiments aussi simples. Ce qu'elle aimait c'était le *Weltschmerz*, cet accablement qui submerge quand on comprend que le monde réel sera toujours radicalement différent du monde tel que l'on voudrait qu'il soit, elle connaissait la *Schadenfreude* qui la faisait se réjouir du malheur des autres, elle aurait voulu un mot pour dire qu'elle aimait quelqu'un tout en ressentant déjà sa perte, elle aurait souhaité des mots pour « la tristesse que procure la lumière trop crue d'un plafonnier », « la langueur qui s'abat sur soi en sortant d'un bain chaud », « le plaisir de rester toute la journée en pyjama quand on a la grippe », « le dégoût de l'odeur des pets des autres – alors que l'odeur des siens peut être si réconfortante ». Toutes choses que le lexique germanique aurait été le seul à même de lui offrir.

Jo savait que si l'une d'entre elles deux avait dû raconter leur histoire, ça n'aurait pu être qu'elle. C'est, dans tous les livres qu'elle avait lus, toujours la plus falote qui raconte, la moins jolie, la plus timorée, celle pourvue de la vie la moins (potentiellement) palpitante : si ta vie est palpitante, inutile de l'écrire, vis-la, n'est-ce pas, et quelqu'un se chargera de la raconter. Le narrateur n'est jamais le héros de l'histoire, lui avaient appris les livres et les films. Elle n'était pas une héroïne. Quelle importance, elle *accompagnait* l'héroïne. Aucun hasard n'avait présidé au fait que leurs maisons respectives se trouvent l'une face à l'autre. C'était écrit depuis des milliers d'années dans les circonvolutions du cosmos. Elles avaient été sœurs dans une vie antérieure. Et que ce soit elle la petite voix narratrice de leur existence était une chose logique selon la loi quantitative de l'harmonie : l'une vit, l'autre observe et rend compte (parfois Jo oubliait les subtilités germaniques, elle redevenait une très jeune fille que les mondes binaires rattrapaient). De toute façon qu'aurait-elle bien pu faire de cette tendance à regarder sa vie de l'extérieur, qu'aurait-elle bien pu faire de cette insupportable et partisane petite voix qui l'encombrait ? Comment transformer cette petite voix en qualité ?

Tout cet équilibre harmonieux perdura jusqu'au jour où on avait vu apparaître des affichettes placardées à droite à gauche, sur les poteaux et les panneaux municipaux. Il allait y avoir un tournage dans le quartier. Dans *leur* quartier. Rien d'aussi excitant n'était arrivé depuis des milliers d'années. On disait, chez le boulanger, que le réalisateur était un ancien gamin du coin, que ses derniers films avaient été très repérés et qu'il souhaitait revenir sur les lieux de son enfance, et puisque rien n'y avait vraiment changé, il pourrait ainsi s'adonner à la nostalgie qui saisit tout un chacun quand l'inspiration décline – c'est le monsieur de la Maison de la Presse qui avait ajouté cette remarque un brin perfide, il se targuait d'être un homme à qui on ne la fait pas.

Sur les affichettes il était annoncé que le tournage de ce long-métrage se déroulerait au début de l'année scolaire – une partie de l'histoire se passait dans l'école de Lili et Jo – et qu'il serait précédé d'un casting des habitants du quartier. Le réalisateur était réputé pour ne recourir dans ses films qu'à deux ou trois acteurs professionnels et choisir de parfaits inconnus pour le reste de la distribution. Il avait une prédilection marquée pour les gens qui se retrouvaient à exercer à l'écran le métier qu'ils exerçaient dans la vraie vie. Il traquait le naturel. Méticulosité ou coquetterie ? interrogeait le monsieur de la Maison de la Presse d'un air faussement ingénu.

Chacun reçut un courrier déposé dans sa boîte aux lettres, informant qu'une grande réunion serait organisée, durant laquelle le projet serait présenté par le réalisateur, les deux acteurs principaux et le producteur (mais de ce dernier tout le monde se foutait).

Il était par ailleurs indiqué que le réalisateur cherchait huit débutants pour des rôles parlés, ainsi qu'une flopée de figurants.

Jo et Lili en défaillaient de joie – « joie mêlée d'excitation et d'appréhension devant l'imminence d'un événement qui fout un peu les jetons » serait la locution germanisante qui aurait convenu. Elles ne doutaient pas de parvenir à convaincre leurs mères de l'importance pour elles deux de postuler. Le père de Lili était en revanche un homme méfiant que la beauté de sa fille ravissait autant qu'elle l'effrayait. Il faudrait être habile. Ce que Lili était sans conteste.

Elles se rendirent comme tout le quartier à la réunion dans la salle polyvalente. Elles s'étaient faites belles – comme presque tout le quartier.

Elles avaient mis deux heures à se préparer. Elles avaient expérimenté de nouveaux maquillages puis elles avaient tout effacé puis elles avaient recommencé. Elles s'étaient extasiées, elles s'étaient encouragées, mais elles avaient fini par reprendre leur palette habituelle. Elles avançaient un peu à l'aveuglette. Ce qui est une caractéristique adolescente, n'est-ce pas. Tout était encore si mouvant, malléable et informe. Leur personnalité était encore un nuage.

La mère de Lili, de son côté, était allée exprès chez le coiffeur, elle était arrivée au bras de son mari rentré un peu plus tôt de la bijouterie pour l'occasion. Lui prouver la réalité et le sérieux du tournage faisait clairement partie de la tactique de persuasion de Lili et sa mère afin qu'il laisse Lili tenter sa chance au casting. La mère de Jo, habillée comme à l'ordinaire, était venue avec une voisine, son mari était coincé sur un chantier, il les rejoindrait un peu plus tard – en blanc de travail avec de la peinture sur les mains et dans les cheveux.

Jo, ce soir-là, collée à sa Lili, avait décidé de se tenir le plus loin possible de sa famille. Elles étaient arrivées tellement en avance qu'elles avaient réussi à s'asseoir au premier rang. Elles n'écoutèrent pas ce que racontaient le producteur et le réalisateur concernant l'ambition du film – ils parlaient du réel, de l'engagement et de la vérité, ils se voulaient compétents et rassurants mais le résultat de leur discours n'était pas folichon. Elles n'avaient d'yeux que pour l'acteur principal qui malgré son air hautain avait daigné jeter un regard relativement appuyé sur Lili. Plutôt qu'un air hautain d'ailleurs, il arborait surtout l'expression d'un homme qui s'ennuie, le coude sur la cuisse croisée haut sur l'autre jambe, le menton dans la main dans une pose méditative ou maussade. Elles le trouvèrent sublime.

Ce fut la mère de Lili qui les accompagna au casting deux jours après. Il eut lieu dans la salle polyvalente. Tout se passait toujours dans la salle polyvalente. On était en juin. Il n'y avait presque plus cours.

Face à trois bonshommes, et une femme pour faire bonne mesure, tous assis sur des chaises en plastique orange qui couinaient, les filles tournèrent sur elles-mêmes, s'exclamèrent, exécutèrent les gestes qu'on leur enjoignait d'exécuter, lurent des esquisses de dialogue, répondirent aux questions, Et tu veux faire quoi dans la vie ? C'est quoi, ta matière préférée à l'école ? Quels sont tes loisirs favoris ? Tu serais prête à embrasser un garçon devant une caméra ? Lili fut bien entendu éblouissante.

Jo fut maladroite, atrocement intimidée, perdant toute certitude lexicale.

Après l'audition, elles attendirent dans le hall avec les autres aspirants comédiens et la mère de Lili. Quand l'assistant de production apparut et lut la liste des huit postulants choisis pour les rôles parlés et que le nom de Jo fut prononcé (Donikies était avant Volanges évidemment), les filles entrelacèrent leurs doigts, se serrant les mains de soulagement, elles avaient eu tellement peur que Jo ne soit pas sélectionnée. Mais lorsque le jeune type fit demi-tour en vitesse (il appréciait modérément d'avoir été le bizut qui devait faire l'annonce aux postulants), Lili regarda sa mère avec stupéfaction. Et moi ? dit-elle. Sa mère se leva aussitôt et rattrapa le garçon à la porte, celui-ci haussa les épaules, un peu ironique, Les voies du Seigneur sont impénétrables, dit-il. Et sur ces mots il s'éclipsa. Il faut croire que ce jour-là le Seigneur ne cherchait pas la reine du quartier.

Jo, quand elle raconte cette histoire maintenant, alors que tant d'eau n'est-ce pas a coulé sous les ponts, se souvient encore de sa joie intense aussitôt remplacée par la mortification. Le visage de Lili s'était affaissé. Jo la regarda et s'affola, On va aller les voir, dit-elle contre toute logique, et on va leur expliquer.

Leur expliquer quoi ? répliqua Lili sèchement.

Il est possible que Jo pensait encore pouvoir sauver ce qu'elle sentait la quitter à toute allure à cet instant, que la déception de Lili n'entacherait en rien leur amitié, que les filaments lumineux de son enfance n'étaient pas en train de s'étirer jusqu'à céder.

La mère de Lili avait déjà un discours tout prêt – celui qu'elle ressasserait pendant des mois. C'est parce que Jo a un visage neutre, dit-elle à sa fille, accroupie devant elle. Je sentais bien que ce réalisateur ne cherchait pas de vraies personnalités.

Lili se leva brusquement et quitta la salle en courant. La mère de Lili posa une main sur l'épaule de Jo qui s'apprêtait à la suivre, Laisse-la, dit-elle, il faut qu'elle digère.

Mais Lili ne digéra pas. Elle ne prit plus Jo au téléphone et elle faisait dire par sa mère qu'elle était souffrante quand Jo sonnait chez eux. La mère de Lili sortait dans le jardin mais restait derrière la grille pour répondre à Jo, et la grille était si noire et si luisante et si acérée. Le père de Lili l'avait repeinte un dimanche de mai, les filles avaient donné un vague coup de main avant de se lasser et d'aller se faire bronzer en écoutant de la musique. On aurait pu penser que cela s'était déroulé plusieurs siècles auparavant.

Au bout d'une semaine Jo dit à sa propre mère, Je ne vais pas le faire.

Tu ne vas pas faire quoi ? demanda sa mère qui posait méticuleusement les cerises du jardin sur le fond de tarte, la fenêtre de la cuisine était ouverte, on apercevait l'un des pignons de la maison des Volanges – oh mon Dieu, ce n'était déjà plus la maison de Lili mais la maison des Volanges –, c'était juin et, comme toujours, juin était une promesse, la lumière était étincelante, c'était une lumière lavée, précise, tout semblait en deux dimensions, rien n'était en arrière-plan, rien n'était flou, on entendait le cri des martinets et on pouvait deviner leur vol syncopé. C'était un jour de juin cruellement parfait.

Je vais leur dire que je ne vais pas jouer dans le film.

La mère de Jo interrompit son geste, elle regarda sa fille et dit, Si c'est ce que tu veux.

Puis elle se remit à son ouvrage et ajouta, Mais ça ne te rendra pas ton amie.

Quand Jo annonça sa décision à l'équipe du film, ils tentèrent de la convaincre – elle plaisait vraiment au réalisateur, il la trouvait inspirante, elle était l'incarnation du quartier tel qu'il voulait le représenter. Mais elle leur dit qu'elle était seulement venue à l'audition pour s'amuser et qu'ils feraient mieux de prendre Lili Volanges à sa place.

Ils lui répondirent gentiment que ce n'était pas à elle d'en décider. Puis ils retournèrent à leurs affaires qui étaient de la plus haute importance.

L'été passa sans que les filles se revoient. Lili et sa mère partirent deux mois en vacances chez les grands-parents de Lili. Jo comme chaque année ne partit que quinze jours avec ses parents dans la petite maison qu'ils louaient sur la côte atlantique.

Le jour de la rentrée il lui sembla qu'elle avait dormi pendant tout l'été et qu'elle se réveillait enfin, levant la tête de son oreiller plein de plumes et de cheveux. Elle se prépara avec soin. Mais Lili ne vint pas le jour de la rentrée. Il s'avéra que ses parents, à sa demande, l'avaient changée d'établissement. Le tournage se déroula sur plusieurs semaines. Ce fut la Grande Affaire de l'automne. Et ç'aurait pu être prodigieusement désagréable pour Jo si elle ne s'était pas sentie aussi anesthésiée que le bout de sa langue quand elle buvait un chocolat chaud trop chaud.

Dorénavant, elle ne faisait plus qu'apercevoir Lili par la fenêtre de sa chambre. Comme sa mère, celle-ci effectuait tous ses trajets à vélo avec sa longue chevelure blonde qui volait derrière elle comme une cape. Jo la regardait appuyer le vélo contre le mur de sa maison et elle entendait sa chienne aboyer pour lui faire la fête. Lili avait manifestement reçu pendant l'été une petite chienne blanche qu'elle avait nommée Némésis. Ce qui avait paru étrange à Jo. Un nom de chien de plus de deux syllabes n'était pas un nom très efficace en cas d'urgence. Pourtant elle entendait Lili appeler sa chienne le soir quand elle était au fond du jardin. Et on aurait dit qu'elle adorait hurler ce nom à pleins poumons.

Elles ne se reparlèrent plus jamais.

Pendant toutes les années qui suivirent, Jo eut du mal à se lier. Elle quitta le quartier, obtint un BTS force de vente, vécut avec une femme puis avec un homme puis de nouveau seule. Elle n'était jamais assez impliquée, c'est ce qu'on lui reprochait, il y avait chez elle une forme de distance, de froideur, d'égoïsme – on a vite fait d'émettre des diagnostics à partir de vagues symptômes, la distance de Jo était tout sauf de l'égoïsme, c'était, si je puis me permettre, une extrême prudence mâtinée d'anxiété.

Ce ne fut que lorsqu'elle s'associa avec Éva Coppa, une ancienne collègue de l'agence immobilière où elle avait travaillé, qu'elle finit par se laisser réapprivoiser. Elles ouvrirent un salon de thé. Jo s'efforça au début de considérer Éva comme une simple partenaire professionnelle. Éva, de son côté, avait une définition assez floue des frontières entre sa vie privée et la vie de leur salon de thé. Sa fille Rose venait régulièrement donner un coup de main pour le brunch du dimanche – elle était cheffe dans un restaurant gastronomique mais elle paraissait trouver récréatif de faire des tartelettes aux fruits pour rendre service à sa mère. Ça me repose, disait-elle. Et Auguste, le compagnon d'Éva, passait presque tous les jours. Il voulait se rendre utile mais il était si maladroit qu'il fallait le tenir éloigné des fragiles théières chinées avec application par Jo. Il y avait le frère d'Éva aussi. Un drôle de type qui avait fait de la tôle. Et qui lisait ses journaux de turf en buvant du café en terrasse – ce qui changeait de la clientèle habituelle, très majoritairement féminine (Qu'est-ce qui effraie donc les hommes dans l'idée de salon de thé, qu'auraient-ils donc l'impression d'abdiquer en partageant un gâteau au chocolat entre potes ? se demandait Jo).

Parfois Jo se sentait un peu envahie par la vie d'Éva.

Et puis un matin, un type débarqua et expliqua qu'il préparait un almanach des commerçants du quartier. Depuis peu, leur quartier (coincé entre trois rues anciennement mal famées d'un arrondissement périphérique) avait été renommé Village Valigny. C'était vendeur. C'était charmant. Jo se demandait parfois qui étaient les gens qui affluaient aux terrasses, où étaient-ils avant que le Village Valigny se profile, quelles terrasses avaient-ils désertées pour choisir de s'installer plutôt ici dorénavant. Le garçon prendrait en photo les lieux et les gens, et ferait imprimer un plaisant petit livre-souvenir. Le livre serait vendu dans chaque boutique, il y aurait le fromager, la fleuriste, la dame du magasin de jouets, les coiffeuses... C'est bon, l'avait interrompu Jo, elle avait compris le principe. Elle ajouta qu'elle n'était pas sûre que ce soit une idée formidable mais Éva, qui arriva sur ces entrefaites, chargée de victuailles, trouva la chose enthousiasmante. Le type tout content fut tenté d'abonder, Tout le monde me dit que vous êtes les reines du quartier. L'expression troubla Jo, elle fronça les sourcils.

Éva éclata de rire et dit, Oh c'est surtout Jo la reine du quartier. Les gens l'adorent. Elle est si mystérieuse et élégante. Il ne lui manque plus qu'un diadème.

Jo roula des yeux, stupéfaite.

Et elle ne s'en rend même pas compte, ajouta Éva en déballant ses achats.

À partir de ce jour, Jo, brusquement décillée, retrouva une forme d'agilité et de légèreté auprès d'Éva et de tous ceux qui gravitaient autour d'elles.

C'était comme quelque chose de très ancien qui ressurgissait, quelque chose de poussiéreux ou d'oublié, une petite cuillère orpheline derrière la commode, la petite cuillère qui manquait et qui dépareillait tout le service. Si bien que le point aveugle de sa vie s'éloigna et que ce qui lui avait été arraché si brutalement ne laissa plus qu'une très vague sensation de brûlure. Parfois elle pensait à ce qu'aurait été sa vie si elle n'avait pas renoncé à jouer dans le film tourné dans son quartier d'enfance. Elle pensait à son cœur d'adolescente criblé de balles. Et elle comprit que Lili avait définitivement disparu quand elle cessa enfin après tant d'années de lui parler chaque matin alors qu'elle enfourchait son scooter, quand la petite voix dans sa tête arrêta de discuter et de justifier et d'argumenter, et quand sa grande colère et son grand chagrin s'effilochèrent pour ne devenir que les vagues cumulus d'un ciel de traîne.

Table

DE LA MÊME AUTRICE *(suite)*

La Très Petite Zébuline
(Illustrations de Joëlle Jolivet)
Bourse Goncourt du livre jeunesse
Actes Sud Junior, 2006

Quatre Cœurs imparfaits
(Illustrations de Véronique Dorey)
Thierry Magnier, 2015

Paloma et le Vaste Monde
(Illustrations de Jeanne Detallante)
Pépite du meilleur album
Actes Sud Junior, 2015

La Science des cauchemars
(Illustrations de Véronique Dorey)
Thierry Magnier, 2016

À cause de la vie
(Illustrations de Joann Sfar)
Flammarion, 2017 ; J'ai lu, 2018

La Nuit du dodo
(Illustrations d'Aline Zalko)
Éditions du Muséum national d'Histoire naturelle, 2023

NORD COMPO
multimédia

Composition et mise en pages
Nord Compo à Villeneuve-d'Ascq

CET OUVRAGE
A ÉTÉ ACHEVÉ D'IMPRIMER
SUR ROTO-PAGE
PAR L'IMPRIMERIE FLOCH
À MAYENNE EN MARS 2024

N° d'édition : 630591-0. N° d'impression : 104495
Dépôt légal : avril 2024
Imprimé en France